LAPIS LABEL

恋する瞳はスキャンダル♥

Story by Hinako Tsukigami

月上ひなこ

イラストレーション／こうじま奈月

▶CONTENTS

※本作品の内容はすべてフィクションです。

1　負けるなＢＡＢＹ

「そんなとこ…触っちゃ駄目だって……誰か入ってきたら困るよ」

「そう言いながら、ここはしっかり悦《よろこ》んでるじゃないか。誰かに見られるかもしれないってスリルがあったほうが、興奮するだろ？」

あまり人気《にんき》のないスケート場のロッカールームは、当然人の出入りも滅多《めった》にないが、それでもまったくないというわけではない。

「あぁっ……今の…いいっ…」

「もっと悦《よ》くしてやるよ」

「ん……早く」

潜《ひそ》めていたはずの声がだんだんと大きくなっていき、シーンとした室内の空気を変えていく。

いつ誰が入ってくるかもわからないという状況が、恋人達の気分を盛り上げることに一役かっていた。

が、しかし。

「い、今、なんか物音が聞こえなかった？」

「気のせいだろ」

「……そうかなぁ……だけど…やっぱり気になるよ……」

こういう状況下において、お約束のように現われる邪魔者《じゃま》がいるのだ。

まさかとは思うが、万が一ということもある。

彼らは不安げな顔で、物音の聞こえた方向へと視線を這《は》わせ、床に落ちている大判のカレンダーを発見するとほっと息を吐《つ》いた。

「なーんだ、カレンダーが落ちただけか」

「まったく、脅かすなよ」

二人はくすくすと笑いあい、口づけをかわす。

いったい何を心配していたんだろう。

ここは東雲《しののめ》学園の校内ではないのだから、いくらなんでもアノ人がそんなにタイミングよく現われるはずがないじゃないか。

そう思っていた彼らだったが、やはり最後まで油断《ゆだん》は禁物《きんもつ》だった。

「お、お前達こんなところで何やってるんだ」

不意打ちで開いたドアの向こうから、現われるはずのないアノ人が怒鳴《どな》りながら飛びこんでくる。

「み、み、深森《みもり》会長」

そう。彼らの通う東雲学園の生徒会長でもあり、東雲のシンボルでもあるアノ人、深森春香《はるか》の登場だった。

歴代の生徒会長の中でも特出《とくしゅつ》した人気を誇り、裏ではその類《たぐ》い稀《まれ》なる美しさを讃《たた》えて、生徒達から密かに『東雲の白百合《しらゆり》』と呼ばれている彼は、真面目《まじめ》で硬派なことでも有名なのだ。

だからもちろん、何度注意されても自分達の悪行を悔《く》い改めようとはしない不埒《ふらち》なホモカップルは、春香に成敗されて然《しか》るべき存在だった。

「校内だけではあきたらず、とうとう校外でまで破廉恥《はれんち》な行為を行なうとは、まったくもって不届き千万《せんばん》。お前達には自戒《じかい》の念はないのか」

もしかして、校内でなければ何をしてもいいなどと、馬鹿な思い違いをしているわけじゃないだろうな。

綺麗な顔を怒りに歪《ゆが》めて、春香は目の前の極悪人達を叱責《しっせき》する。

そして。

「いいか。もうすぐお前達は二年生になるんだぞ。下級生の手本となるべき上級生がこんなことでは、示しがつかないだろう」

そのたるんだ精神を鍛《きた》えなおしてやる、と、意気ごむ春香だったが。

「おい、お前達ちゃんと聞いているのかっ」

「会長。わ、わかりましたから、今日のところは見逃《みのが》してください」

「以後気をつけます」

ありがたく春香の言葉に耳を傾けていなければならない当の極悪人達は、焦《あせ》った顔で、出口に向かって逃亡をはかろうとした。

「こらっ。待て」

待てと言われて、彼らがおとなしく従うわけがない。

こんなところで愚図《ぐず》愚図していたら、どんな恐ろしい目にあわされるか、しれたものではないのだ。

春香の不興《ふきょう》をかうことも確かに恐ろしかったが、真に恐ろしいのは、麗《うるわ》しの女王陛下を護ることを生きがいにしているような騎士達で。

騎士達が現われたが最後、彼らに再び悲劇が訪れることは間違いなかった。

いつも逃げ出すのが遅れて悲劇を招いていた彼らは、もう同じ失敗を繰り返すわけにはいかないと、勢いよくドアを開け放つ。

しかし、やはり運命は変えられないものらしい。

「おっと、危ない。何をそんなに慌《あわ》ててるんだ？」

「逃げ出すということは、きっと心にやましいことがあるからでしょう。その洋服の乱れが、すべてを物語ってます」

「春休みに入ったんで、浮かれてハメを外したくなったんだろうが、いい加減少しは学習したらどうなんだ。お前達の頭にはオガクズでも詰まってるのか？」

開いたドアの向こうから現われた死刑執行人達が、冷ややかな笑みを浮かべて彼らの逃げ道を断《た》ってしまった。

深森春香のあるところ、東雲三銃士あり。

相変わらずキラキラしい雰囲気をまとった三人の登場は、ここにミーハーなギャラリーでもいれば、間違いなく黄色い歓待《かんたい》の声で迎えられただろうが、生憎《あいにく》そんなギャラリーはどこにもいない。

なんとも言えない空気が漂うなか。

「こいつらみたいな常習犯は、やっぱり反省文書かせるぐらいじゃ駄目なんだ。もっと厳しい罰を与えて、その腐《くさ》った性根《しょうね》を叩《たた》きなおしてやらないと。そうだ。ここじゃなんだから、今から学園に出向くことにしよう」

「えぇっ!?」

はりきったような春香の声が、その場に居合わせた全員の表情を変化させた。

もっとも、顕《あき》らかに動揺と焦《あせ》りが見て取れる単純なホモカップルと違って、冷静であることを心がけている三人の騎士達は、周りにそれと気づかせることはなかったが。

「春香さん、今はまだ卒業生の方々への対応で先生方も大変な時期ですし、それは避けられたほうがいいのではありませんか?」

「今の時期に俺達が揃《そろ》って学園に出向いたりしたら、必要以上にことが大事になる可能性だってあるし。それに、早めに処罰は決めたほうがいいだろう」

「うちの親父の知り合いの禅寺《ぜんでら》で、休み中修業させるっていうのはどうだ? これだったら精神的にも肉体的にも鍛えられるぜ」

騎士達の発言には、いつも以上に力がはいっていた。

このお騒がせなホモカップルに適当な罰を与えて、一刻も早く春香の目の前から立ち去らせなければならない。

そうしなければ、ようやくのことで実現にこぎつけた久々の春香との休日デートが、くだらない理由で台《だい》なしになってしまう。

影では春香の下僕とまで言われている騎士達にとって、春香との幸せな時間を邪魔されることほど堪え難《がた》いことはないのだ。

「禅寺かぁ……確かにそれはいいかもな」

単純な春香が、そうぼそりと呟《つぶや》くと同時に、

「じゃあ決まりだな。寺のほうには、俺から話通しとくからさ、お前らも心を入れ替えて修業《しゅぎょう》に励《はげ》むんだぞ」

「身も心も清められて、きっと清々《すがすが》しい気持ちで新学期が迎えられることでしょう」

「それは、羨《うらや》ましいな。精々《せいぜい》頑張ってこいよ」

下僕達はにっこりとした笑みを浮かべ、ますます顔色の悪くなったホモカップルを摘《つま》み出すようにして、部屋の外へと追いやってしまった。

そして、追い払われた彼らは、「が、頑張ってきます」と、ひきつった顔で答えながら脱《だっ》兎《と》のごとく廊下を走り去っていく。

せっかくの春休みに禅寺での修業なんてとんでもないと、普通ならここで反論の声があがるところだろうが、禅寺での修業と、東雲三銃士を敵に回すことを天秤にかけて、禅寺での修業のほうが何倍もマシだと判断をくだした彼らは賢明かもしれない。

実際、後者を選んでいたら彼らに明るい未来はなかったに違いないのだ。

だけど、そんな彼らの心中《しんちゅう》など知る由《よし》もない春香は、

「あいつらも、ようやく心を入れ替える気になったんだな」

などと本気で感心していた。

こんなふうに単純で素直なところが、春香の美点でもあり弱点でもあるのだが、当人にその自覚が欠けているのは、傍《かたわら》で護り続けている下僕達の過保護ともいえる愛情のせいだろう。

なにしろ。

「それもこれも、春香さんの指導の賜物《たまもの》ですよ。やはり、手本となるべき素晴らしい方から指導を受ければ、自《おの》ずと進むべき道が見えてくるものなのでしょうね。彼らは本当に幸せ者です」

ほら。すぐにこれである。

柔らかな口調で、真っ先に春香が喜ぶ台詞《せりふ》を口にしたのは、下僕達のリーダー格である東雲学園生徒会副会長、寿 君近《ことぶききみちか》で。

茶道の家元の子息であり、育ちのよさが外側までにじみでていると評判の寿は、枕元に春香とのツーショット写真を飾っているくらい、春香に愛情を注《そそ》いでいた。

そして、もちろん残りの二人がそれに負けているわけがない。

「あいつらだけじゃなく、うちの生徒達はみな春香のことをお手本にしてるからな。こんなにうちが統制とれているのも、すべて春香あってこそだ」

東雲学園の理事長の孫で、生徒会書記を務め、学園の影の実力者と呼ばれている鈴鹿裕満《すずかひろみつ》が、まるで自分のことのように自慢げに告げれば。

「当たり前だろう。春香のように優秀で素晴らしい生徒会長は、今後現われるかどうかわからないと、教師陣からも言われてるくらいなんだからな」

校内きっての伊達《だて》男と異名をとる、生徒会会計の高橋飛鶴《たかはしひずる》が、見ているものをうっとりさせるような笑顔で、そう断言する。

この二人の生徒手帳には、春香が白雪姫を演じたときの愛らしい写真がこっそり忍ばせてあるのだから、その愛は疑いようもなかった。

「それはちょっと、過大評価しすぎだって。俺からすれば、お前達のほうがよっぽど優秀だと思うし。俺なんか、まだまだだよ。だけど、みんなが俺のことを手本にしてくれているのなら、これからはもっと気を引き締めて頑張らないといけないよな。一生懸命努力するから、お前達も協力してくれるだろ」

照れた笑みを浮かべながら、前向きな台詞を口にする春香は、大好きな三人の友人達の手を取りぎゅっと力をこめる。

「もちろんだとも」

力強く即答した下僕達が、心の中で感動の涙を流していたことはいうまでもなかった。

そういう点では、彼らもかなり単純なのかもしれない。

「さぁて、と。まとまったところで、さっさと荷物をロッカーに放りこんで、滑りに行こうぜ」

鈴鹿の提案に、春香は大きく頷く。

見慣れたあのホモカップルに出くわしたおかげで、当初の目的を忘れかけていたが、自分達はここにアイススケートをしにやってきたのだ。

意地悪で独占欲の強い恋人の邪魔にあって、なかなか果たすことができなかった四人でどこかに遊びに出かけるという約束。

それが春休みに突入した今日、やっと実現まで漕《こ》ぎ着けたのである。

本当は、アミューズメントパークに行くつもりだったのだが、つい先日新たに加わったアトラクションの人気のおかげで、開場前から長蛇《ちょうだ》の列ができていて、とてもじゃないがゆっくり遊べるという感じではなかった。

その点このスケート場は、休み中でもそれほど利用客はなく、いつ潰《つぶ》れてもおかしくないと噂されているくらいだったので、のんびり楽しむにはちょうどよかった。

それに、染香《そめか》が知り合いからもらったという無料チケットのおかげで、財布《さいふ》の中身も減らずに大助かりなのだ。

「上手く滑れるかな」

春香は、ロッカーの中に荷物と外したマフラーを突っこみながら、氷の上をかっこよく滑っていく自分の姿をイメージしてみる。

想像だけならどれだけでも上手くなれるのだから、お得である。

アイススケートなんて、小学生のとき以来だが、この間スキー旅行がぽしゃったばかりだったからか、春香はちょっとワクワクしていた。

そして。

「春香さんなら、きっと上手く滑れますよ」

「そうそう。たとえすぐには滑れなくても、コツさえ思い出せばすぐに上手く滑れるようになるって」

「時間はたっぷりあるんだから、のんびりと楽しもうぜ」

春香が楽しいと自分達も楽しい下僕達も、以下同文。

四人は、弾《はず》むような足取りで、ロッカールームをあとにしていた。

しかし。

四人だけの楽しい時間は、一人のお邪魔虫の出現とともに終わりを告げた。

「ルー、なんで俺のこと置いてったんや。ひどいやないか」

寿のことを『ルー』と呼び、しつこいまでのラブアタックを繰り返している金髪の豆台風、火崎珊瑚《ひざきさんご》は、自分に今回のお誘いの声がかからなかったことで、かなりご立腹の様子だった。

黙っていれば、宗教画から抜け出してきた天使そのものだと言われている珊瑚だが、口を開けば飛び出してくるのは活《い》きのいい関西弁で、何でも思っていることをズバズバと口にする恐いもの知らずの性格は、実に向かうところ敵なしという感じである。

「悪かったよ、誘わないで。珊瑚、寒いの嫌いだって言ってたから、スケートも駄目《だめ》かと思ってたんだ」

ぶーっと頬《ほお》を膨らませている珊瑚に、春香は「ごめん」と手を合わせた。

本当は、寿の心労が増えるのは可哀相《かわいそう》だと思って、内緒にしていたのだが。そのことは伏せておいたほうがよさそうだった。

「嫌い。寒いのなんか、だいっ嫌いや。こーして立っとるだけでも、身体凍《こお》りそうで、死にそうや」

「だったら、無理しなくても……」

「無理でもなんでも、ルーの傍《そば》におるためやったら、寒さになんか負けへん。絶対、負けへん」

こんなふうに、いつでもどこでも自分の気持ちをはっきりと口にできる珊瑚は、本当にすごいと思う。

春香には、とてもできないことだ。

どうやったらそうなれるのだろうと春香が考えていると、華奢《きゃしゃ》な身体の原型がまるでわからないくらいに、雪ダルマのように着膨《きぶく》れている珊瑚は、鼻の頭を真っ赤に染めて、体当たりするようにして寿へと正面から抱きついていた。

その勢いに圧《お》されて氷の上でバランスを崩しかけた寿だったが、すんでのところで持ちこたえたのは、さすがである。

「仕方のない人ですね。そんなに寒いのが苦手なら、無理して滑る必要はないと思いますが、君が滑ると言うのならとめませんよ」

「とめても、滑ってやるんやからな」

何かに掴《つか》まってしか立っていることもできないくせに、威勢《いせい》だけはいい珊瑚に、寿は苦《にが》笑《わら》いを浮かべていた。

元来《がんらい》面倒見のいい寿は、懐《なつ》いてくる珊瑚のことを弟のように思っているようで、どうしても強く突き放してしまえないらしいのだ。

たとえ昔飼っていた犬の『ルー』に似ているという、とんでもない理由で惚《ほ》れられていたとしても、だ。

「ルー、絶対手ぇ放さんといてな」

「よーっ、ご両人。熱々だね」

「もっと上手くお姫様をリードしてやれよ、ルー」

まったくのスケート初心者だという珊瑚の手を引いて、ゆっくりとしたペースでリンクの端を滑っていく寿に、鈴鹿と高橋が実に愉《たの》しげに笑いながら、ひらひらと手を振って見せる。

寿に降りかかる災難は所詮《しょせん》他人ごと。

二人は、この隙に春香を二人じめしようと考えていた。

まだ昔のカンを取り戻せていないらしい春香の両側から手を引いて、エスコートするように銀盤の上を滑っていく。

なんて、素晴らしい光景なのだろう。

そんな自分達の考えにうきうきと浮かれながら、春香の前に手を差し出した鈴鹿と高橋だったが。

「なんや、春香よたよたして。ははーん。さては昨夜、司とエッチしすぎたんやろ。やらしーなぁ」

「何言ってるんだ。昨夜は、エ、エッチなんてしてないぞ。大事なお客がくるからって、すぐ帰ったんだからな」

昨夜はエッチなんてしていないと言う春香は、他の日ならしていると自分で暴露《ばくろ》したようなものだが、本人にその自覚があるはずもない。

「変なこと言うと、承知しないぞ」

珊瑚のからかいにまともに反応した春香は、真っ赤な顔で怒鳴《どな》ると、掴まっていたバーから手を放して、むきになったように一人で滑り始めてしまった。

こうなると、手助けを申し出るのはかえって逆効果。

すべての元凶ともいえる珊瑚が、しゃがみこんだ姿勢で寿に手を引かれ、愉《たの》しげに銀盤の上を滑っていくその脇を、真剣な顔でがしがしと滑っていく勇《いさ》ましい春香。

ときどきふらつくのもご愛敬《あいきょう》。

春香の意地っ張りで負けず嫌いの性格を把握《はあく》しきっている下僕達には、もう黙って見守るしか道はない。

知りたくないことを知らされたうえにこれでは、まさに踏んだり蹴ったりの下僕達だったのだが。

そんな春香もまた可愛いのだと思ってしまうあたり、ある意味幸せなのかもしれなかった。


そして、一時間後。

「あーっ、トイレ、トイレ、トイレ。はよ行かな、もれてまうわ」

「珊瑚、俺も行くっ」

トイレに向かって一目散で走っていく珊瑚と春香の後ろ姿を見送りながら、下僕達は疲れたような溜め息を吐いていた。

「今回こそは、俺達だけで春香を独占できるはずだったのに、なんでこうなるかな」

「ここだと、さすがの珊瑚君も追いかけてはこないだろうとふんでたんですが、甘かったですね」

「まぁ、それでも道前寺の邪魔が入らないだけましか。あいつに出てこられた日には、今日の予定が全部パァになっちまうもんな」

一番の邪魔者は珊瑚ではなく、愛《いと》しの春香をいつのまにか横からかっさらっていってしまったにっくき男、道前寺司《どうぜんじつかさ》なのだ。

春香の信頼を得ていることが嫉《ねた》ましいのか、司は三人のことを毛嫌いしていて、彼らの幸せな時間をことごとく潰しにかかってくる。

今までだって、司が邪魔に入ったおかげで、何度四人で出かけるという約束をドタキャンされたことか。

春香ははっきり司のせいだと言ったことはなかったが、何事もきっちりしなければ気がすまない春香が、突然約束を反古《ほご》にしてくる理由となれば、もうそれしかなかった。

本当は、大切な大切な春香を、あんな一癖も二癖もあるような男には渡したくはなかったが、春香が司を選んだのなら仕方がない。

そう心に言い聞かせて、下僕達は今まで堪《こら》えてきたのだ。

たまには俺達にも幸せな時間を満喫《まんきつ》させてもバチは当たらないだろうと、思い浮かべた憎らしい恋敵《がたき》の顔に、思いっきり毒《どく》づくくらい許されてもいいはずだった。

「だけど、あいつが何の邪魔もしてこないっていうのも不気味だな」

「大事な客とやらの接待で忙しくて、邪魔しにくる暇がないんじゃないか？」

「だといいんですが……」

不吉な予感を吹き飛ばすように、三人で意味もなくハハハと笑ってみるが、だんだん落ち着かなくなってくる。

「おい。ちょっと遅くないか？」

「見に行ったほうがいいな」

「そうですね。着いた早々春香さんにからんできた男達は、きっちり始末しましたが、他にどんな不埒な輩《やから》が潜んでないとも限りませんから」

即決でトイレに向かう下僕達は、一時でも春香から目を離したことを後悔しながら、足を速めた。

春香の男としてのプライドを護るため、そうとばれないように、からんできた男達をトイレに行くふりで片づけたり。

その間に春香が遭遇していた、不届きなホモカップルを追い払ったり、彼らも大変である。

それでも。

「春香は、絶対に俺達が護る」

その信念のもとに頑張る下僕達は、あっぱれだった。

たとえ、彼らの護る女王陛下が意地の悪い悪魔のものだとしても、彼らがそれを認めるまでは、事実ではありえない。

春香を巡る闘いは、こうして続いていくのだった。

2　独占させて

「さて、次はどこに行きましょうか」

「俺、あったかいとこ行きたい。もう、身体がっちがちや」

「じゃあ、この先のカフェでお茶でもするか」

「今の時間混んでる可能性もありだが、駄目《だめ》なら駅前まで出ればいいことだしな。とにかく移動しようぜ」

「空《す》いてればいいんだけどなぁ」

三時間近くスケートで愉《たの》しんだ春香《はるか》達は、今度は暖かい場所に移動して身体を休めようと、わいわいと話し合いながらスケート場をあとにした。

何年かぶりのスケートは、カンを取り戻すまではぎこちなくて大変だったが、カンを取り戻したあとは滑るのが愉《たの》しくて仕方がなくて、春香は子供のように燥《はしゃ》いで、やったこともないジャンプやスピンに挑戦して大騒ぎだった。

今まで大好きな友人達との約束を護れずにいたことが、ずっと気になっていただけに、余計《よけい》に浮かれていたのかもしれない。

おかげで身体は痛いし、あちこちに痣《あざ》ができていたが、ご機嫌で先頭を歩く春香は、もうこのあとのことで頭はいっぱいだった。

そして。

お茶飲んで少しあったまったら、次はどこに行くのかな。

そう、うきうきしながら、弾《はず》むような足取りで、目的のカフェのある大通りに出た春香だったが。

「随分《ずいぶん》と愉しそうですね」

突然目の前に現われた第二の邪魔者によって、愉しい気分はいっぺんにどこかへふっ飛んでしまっていた。

「つ、司《つかさ》。どうしてここに?」

タイトなスモーキーグリーンのスーツに身を包み、にっこりと笑いかけてくる司に、春香は思わず半歩後退《あとずさ》る。

今日寿《ことぶき》達と出かけることは司には内緒にしていたし、場所だってもちろん喋《しゃべ》った覚えはなかった。

偶然といえないこともなかったが、相手は司である。

その確率は、極めて低いように思われた。

「どうして、って。春香さんをお迎えにきたのですよ」

さも当然というような口調で答える司に、春香はカチンとくる。

迎えにこいなんて、頼んでないだろ。

なんだ、その偉そうな態度は。

「勝手なこと言うな」

春香は、そう声高に怒鳴《どな》ると、司のことを睨みつけた。

すると。

「春香には、帰る気なんてさらさらないってさ」

「今日は、一日俺達と一緒にいる約束だからな。まだまだ時間はたっぷりある。せっかく迎えにきてもらって悪いが、一人で帰ってくれるか」

「帰りは僕達が責任をもってお宅までお送りしますから、その点はご心配なく。僕達はどこかの誰かさんのように、春香さんの気持ちを蔑《ないがし》ろにしたりはしませんから」

勝ち誇《ほこ》ったような顔で、三人の下僕達がここぞとばかりに司に切りこんでいく。

いつもいつも春香を目の前で攫《さら》われてきた下僕達は、今度こそそれを許してなるものかと、意気ごんでいた。

しかし、司は表情すら変えず間合いをつめてくると、

「お祖母《ばあ》様が、春香さんの帰りをお待ちなんです」

真っすぐ春香にだけ視線をあわせて、意外な台詞《せりふ》を告げてくる。

下僕達のことなど、まるでそこに存在していないかのように、完全無視だった。

瞬時に剣呑《けんのん》としたムードが漂い始めるが。

「お祖母様に、何かあったのか？」

焦ったように司に問いかける春香が、それに気づくはずもない。

祖母の希美香《きみか》は、いわゆる春香のウィークポイントなのだ。

「少し体調を崩されたようで………」

司の表情が、僅《わず》かに曇る。

まさか………。

「し、心臓のほうは!?」

春香は、司の腕をぎゅっと掴《つか》んで答えを待った。

心臓の弱い希美香は、大きな発作が起これば命の保証はないと宣告されていて、いつ何時そうなるともわからない状態なのだ。

「発作が起きたわけではありませんから、大丈夫だと思いますが。体調が思わしくないせいで、心細くなられたのでしょう。春香さんはまだ戻らないのかと、何度もお尋ねになるんです」

心臓の発作が起きたわけではないと聞いて、ほっと安堵《あんど》したものの、いつもは気丈《きじょう》な希美香が心細がっていると言われては、春香もじっとしているわけにはいかなかった。

「わかった。今すぐ、帰る」

春香はきっぱりそう言うと、心配げな顔をしている友人達に向き直り、「ごめん」とすまなそうに頭を下げる。

「本当はまだみんなと一緒にいたいんだけど、お祖母様の具合がよくないらしいんだ。だから、ごめんな」

また自分の個人的都合で不義理をすることになるのかと思うと、胸が痛んだ。

だけど、心優しい友人達は、「お祖母様のことを心配するのは当然だ」と言って、春香の心の負担を軽くしてくれる。

本当に、いい友達もって幸せだよなぁ。

春香は、じーんとなってちょっぴり泣きそうになったが、男がこんなことくらいで泣くものではないとぐっと堪《こら》えて、代わりに笑顔を作った。

その笑顔に下僕達が見惚《みと》れて呼吸を忘れている間に、

「では、行きましょうか」

司が見せつけるように春香の腰に手を回し、先へと促してくる。

「ああ。君達も、護衛ご苦労様でした」

最後に目障《めざわ》りな下僕たちへの止《とど》めを忘れない司は、やはり悪魔だった。

「司。なんだよ、護衛ってのは……」

「さてと。春香さん、少し急ぎましょうか。車はこの先に駐めてあるんです」

「わっ、ちょ……押すなよ。じゃ……みんな、またな……」

抗議の台詞も半《なか》ばで遮られた春香は、急《せ》かす司に背中を押されながら、何度も後ろを振り返る。

それに対し――――。

「バイバイキーン」

なんて明るく手を振りながら、一人異常に燥《はしゃ》いでいる、恋の野望に燃えた珊瑚《さんご》は別として、

「またな、春香」

内心腸《はらわた》が煮え繰り返っているくせに、下僕達が優しげな笑顔で平然を装ってみせるの

は偏《ひとえ》に春香を困らせたくないためだ。

春香至上主義の彼らにとって、春香の笑顔を保つことが何よりも優先されるべきことなのである。

そして。

どんどん小さくなっていく春香の後ろ姿を見守る下僕達が、打倒道前寺司の誓いを新たにしたのはいうまでもなかった。


「ちょっ、司、なんでこんな店に入るわけ？　車に乗るんじゃなかったのか」

寿達と別れ、家に帰るために司に促されるまま車の駐めてある場所へと移動していた春香は、突然進路を変更されたことで動揺が走っていた。

駐車場に入るならともかく、今のこの状況でブティックに入ろうとする司の神経が理解できなかった。

思いっきり顔を顰《しか》めていた春香に、

「もちろん、車には乗りますが、その格好ではまずいでしょう？」

司は、肩を竦《すく》めながら、そう訊いてくる。

「どこがまずいんだ？」

センスが悪いとでも言いたいのかと、ムッとして突っかかる春香だったが。

「車に乗るのが、僕達二人だけなら何の問題もありませんが、生憎《あいにく》そうではありませんので」

「あっ。運転手の高田《たかだ》さんか……。それは、確かにまずいよな」

理由が呑《の》みこめると、納得せざるをえなかった。

道前寺司の婚約者として、道前寺家の人々に認知されている深森春香は、深森家の長女で、しとやかな大和撫子《やまとなでしこ》でなくてはならないのだ。

司がわざわざ離れたところに車を待機させている理由は、その準備を整えるためだったのだろう。

「だけど、ここカツラも置いてあるのか？」

納得はしても、ついつい声が沈んでしまうのは、春香がこの現状を望んだわけではないからだ。

「さすがにそれは無理でしょうから、帽子で誤魔化《ごまか》すというのはいかがですか。洋服も、コートを変えれば、中まで着替える必要はないと思いますし。それだと春香さんも気が楽でしょう」

「司って、頭いいな」

完璧《かんぺき》な女の格好をしなくてもいいとわかったとたん、春香はぱっと表情を輝かせる。

それににっこりと極上の笑顔を返してきた司は、近くにいたマヌカンを呼びつけ、春香に似合いそうなコートと帽子を物色し始めた。

男が女物を着ることを変に思われやしないかと、その間春香はドキドキしていたが、司が自然に春香を恋人としてエスコートしているためか、誰も不審《ふしん》に思っている素振《そぶ》りは見受けられなかった。

真実は、春香の性別に誰も疑問を抱いていなかっただけの話なのだが、これは知らないほうが幸せだろう。

若いマヌカンは、貴公子然とした司にときどき見惚《みと》れながら、クリーム色のピーコートとグレーの帽子を熱心に薦めてきたが、司はそのどちらも気に入らなかった様子で。

結局司が独断で選んだのは、裾《すそ》にファーをあしらったケープつきの真っ白いコートと、ワインカラーの帽子だった。

女物の服になどまるで関心のない春香は、司の言うままにその場でコートを着替え、帽子を被《かぶ》せてもらっても特に何の感想もなかったのだが、マヌカン達はこぞって司のセンスのよさと、春香の可愛さを褒《ほ》めたたえてくる。

当然司はご満悦の様子で、マヌカン達の何倍もの美辞麗句《びじれいく》を羅列《られつ》して、春香に眉間《みけん》の皺《しわ》を刻ませた。

そして、代金を支払う段階で、その金額の桁《けた》が想像していたものと一桁違っていたことにより、春香の眉間の皺はますます深くなったが、ここでもめるとあとあと厄介なことはわかっていたので、司が平然とした顔でゴールドカードを差し出すのを黙ってみていた。

司にお金を出してもらうなんて本当は嫌だったから、自分で支払いはすませるつもりでいたのに、これではとても無理だった。

道前寺グループの御曹司《おんぞうし》である司との金銭感覚のズレは、こういうときに色濃くあらわれる。

「一度着る分には、手頃な価格ですね」

こんなことをさらりと言ってのける司に、春香は溜《た》め息を吐《つ》くしかなかった。

一応外見だけは女になりきって、道前寺家お抱《かか》え運転手である高田が運転する車に乗りこんだ春香は、ボロがでないようにと緊張しながら、いつもと違う車内にきょろきょろと視線を走らせた。

乗りこむときは気づかなかったが、どうやら車種自体が違っているらしい。

「どうしました？」

「いつもとお車違うんですね」

春香は、にこやかな笑《え》みを浮かべて、淑《しと》やかに答える。

女のフリをするのも、もう慣れたものだ。

高田の存在がある以上、素《す》の自分を見せるわけにはいかなかった。

「ええ。いつもの車がちょっと調子が悪いもので。この車はお気にめしませんか？」

「いいえ。そんなことありませんわ。いつものお車も素敵ですが、このお車も中が広々としていて、とても素敵です」

「そうですね。これだけ広いと、いろいろ愉しめますよ」

「……いろいろ愉しめる？」

きょとんとした顔で瞳を瞬《しばたた》かせる春香は、テレビでも見られるようになっているのだろうかと考えていたのだが。

「そう。いろいろ」

「うわっ。ちょ、な、何を……」

いきなり司に肩を引き寄せられて、慌《あわ》てふためく。

「司、放せって」

小さく声を潜めて抗議する春香は、高田の手前暴れて突き放すこともできず、司を睨《にら》みつけることで解放を促した。

しかし、司は得意の悪魔のほほ笑みを浮かべると、

「何を慌てているんです？」

しれっとそんなことを訊いてくる。

そして、細長い指を妖しく首筋に這《は》わせてきた。

まさか、妙なことしようとか思ってないよな。

春香は嫌な予感に、顔を引きつらせる。

それでも。

「司さん。車の中でふざけたりしたら、高田さんに笑われてしまいますわ」

引きつった顔で笑う春香は、高田にバレて困るのはお前もだろうと、一縷《いちる》の望みをかけていた。

なのに、いつもならストッパーになるはずのその台詞にも、司の妖しげな指の動きは止まらない。

それどころか、よりエスカレートして、コートのボタンを外してくる。

待て。待て。待て。

このままじゃ、ホントマズイって。

いくら高田が運転中とはいえ、後部座席で何が行なわれているのか、まったく気づかないはずはなかった。

「司さん。別に暑くなんてないですから……コートはこのままで……司さん…本当に、お気遣いなく」

なんとかこの状況を誤魔化そうと必死だった春香は、司がボタンを外しかけていた手を止めてくれたことに、ほっと安堵《あんど》の息を漏らした。

が、ほっとしたのも束《つか》の間《ま》。

「あっ……ん…っ」

不意打ちの口づけに襲われる。

それも軽く合わせるだけの口づけではなく、口腔内《こうこう》を侵略するような、深く激しい口づけに。

「んっ…んんっ…んーっ」

よせ。バカ。やめろ。

ここには高田さんもいるんだぞ。

そう怒鳴《どな》りたいのに、言葉にならないのが悔しかった。

仕方なく頭の中でだけ罵声《ばせい》を浴びせ続ける春香に、司は余裕で愛撫を繰り返す。

「……っ……ふ…ん」

絡めとられた舌が震え、強く吸われる度《たび》に身体も震えた。

駄目《だめ》だ。

感じちゃ駄目だ。

自分で自分を叱責《しっせき》する春香だったが、感じている場合ではないだろうと頭ではわかっていても、沸き起こる快感の波を抑えることはできない。

「ん……っ」

高田に見られているかもしれないと思うことが、かえって春香の羞恥心《しゅうちしん》を煽《あお》り敏感にさせていた。

それに。

司は春香に感じさせる術《すべ》を熟知していて、口づけ一つでも春香をめろめろにしてしまうのだ。

「いつも以上に感じただろ」

ようやく唇を解放した司に探るように瞳を覗きこまれた春香は、かーっと顔を赤くすると、

「……な…何言ってんだよ…馬鹿っ」

素にかえって、声高に怒鳴っていた。

それは図星だったが、こんなふうに言われたくはなかった。

だけど、怒鳴ったあとで、高田の存在を思い出した春香は、赤かった顔を一瞬にして青《あお》褪《ざ》めさせる。

そのうえ、いつのまに脱がされたのか、被っていたはずの帽子が足元に転がっていることまで気づいてしまい、目の前が真っ暗になった。

秘密露見《ろけん》という単語が、春香の頭の中を駆け巡る。

なのに、意地悪げな笑みを浮かべ、

「高田にサービスできてよかったな」

なんて言う司は、悪魔そのもの。

「もっとサービスしとくか？」

ぷるぷると必死の形相《ぎょうそう》で首を横に振る春香に、司はくくっと小さく笑いを漏《も》らし、次にはげらげらと盛大に笑い始めた。

「春香は本当に苛《いじ》め甲斐《がい》があるな」

「なんだよ、それ」

「前をよく見てみろよ。あれで、運転席から俺達が見えると思うか？」

司から言われて運転席のある正面をまじまじと見つめた春香は、前の座席と後部座席を仕切るように出現している色つきのスモークガラスに、大きな瞳をめいっぱい見開く。

「これ……いつから……」

「俺がお前の肩を抱き寄せたあたりから。お前、動揺していてまったく気づいてなかっただろ」

全然気づいていなかった。

「まさか、声も……」

「ああ。完全に声も遮断されている」

と、いうことは、高田に後部座席で何が起こっているのか知られる心配はないということだ。

それがわかったと同時に、春香はへなへなと脱力してしまう。

「高田に見られる、聞かれると思って、ドキドキしただろ」

司は、完全な確信犯だった。

「当たり前だっ。騙《だま》しやがって。俺は、秘密がバレたらどうしようって、さっきまで生きた心地《ここち》しなかったんだぞ」

高田に聞こえないのなら遠慮はいらないと、春香は大声で怒鳴ると、司の胸をバシバシと叩いた。

確かに、高田にキスしているところを見られていると思っただけでも充分に恥ずかしかったが。

れっきとした男でありながら、女のフリをして司の婚約者になっているという秘密は、バレたら即刻、深森家の崩壊に繋がるのだ。

春香が、深森家の長女として司と婚約していたり、家では女の格好をして生活しているのは、それが春香の趣味でも単なるおふざけでもなんでもなく、特殊《とくしゅ》な家庭の事情があるからだ。

その特殊な家庭の事情とは、本物の深森家の長女である、春香の四つ年上の姉清香《さやか》の突然の爆弾宣言から始まり、二年経《た》った今も春香を苦しめ続けていた。

そう。あれは、二年前の大雨の降った夜。

『これからは男として生きていくから』

そんな恐ろしいカミングアウトに堪《た》えられず、心臓の弱い祖母希美香が発作を起こし、精神的ショックから自分を護るためにちょっとした記憶障害に陥《おちい》ってしまった。

それが、清香と春香の性別を取り違えるという、とんでもないものだったせいで、春香はそのときからずっと、家の中では深森家の長女として過ごすことを余儀《よぎ》なくさせられているのだ。

今度発作が起これば命の保証はないと言い渡されたのも、このときである。

希美香を生かすも殺すも春香次第という恐ろしい図式が、目の前に突きつけられているのだから、春香が逃げ出せるはずもない。

女の格好なんて、嫌で嫌で堪《たま》らなかったが、希美香に事実を告げることもできず、そうこうしているうちにお見合いまでさせられて、いつのまにやら同性の婚約者までできてしまった。

そして、この婚約者の司こそが、目下春香を一番振り回しているとんでもない悪魔なのだ。

「その分、余計に感じてただろ」

「か、感じてたんじゃなく、ハラハラしてたんだ。馬鹿」

「まぁ、そういうことにしといてやるよ。春香は恥ずかしがりやだからな」

そう言って、またくっと愉しげに笑う司は、春香に叩かれようが怒鳴られようが、少しも堪《こた》えた様子がないところが腹立たしい。

いつもは巨大な猫を百匹ほど被り、道前寺家の一員として常に貴公子然とした態度を崩さない司だが、恋人である春香と二人っきりになると、とたんに傲慢《ごうまん》で意地悪な暴君に変身するのだから始末が悪かった。

「お前まさか、こんなことするためにわざとこの車に乗ってきたんじゃないだろうな」

「勘がよくなってきたじゃないか」

悪怯《わるび》れもせず答える司に、春香は眉間の皺を深くする。

「じゃあ、もしかして、お祖母様の具合が悪いっていうのも……」

「ああ。そのことだが、悪いのは具合じゃなくて機嫌だった。ちょっとした言い間違いってやつだな」

どこが、ちょっとした言い間違いだ。

故意《こい》に間違えたくせに。

それにもともと、希美香の機嫌が悪いことが、帰宅を促す理由になるわけがないじゃないか。

この、ペテン師め!!

春香は、怒りをこめて司の顔を殴ろうとするが、繰り出した拳《こぶし》を難なく止められて、歯噛みする。

「なんでそんな嘘つくんだよっ」

「先に嘘をついたのは、春香のほうだろ」

「いつ俺が嘘ついたんだ」

「今日は、一日中家にいるって言ってたよな。なのに、どうしてあんなところにいたのか教えてほしいな」

「だって、お前寿達とでかけるって言ったら怒るじゃないか。だから、言えなかったんだよ」

なんとなく雲行きが怪《あや》しくなってきた気がするが、ここで弱気になったら負けだと、春香は強気な態度を崩《くず》さなかった。

「俺はそんなに心が狭い男じゃないぜ。実際、今日だってちゃんとお前が外に出てくるまで待っててやっただろ」

「だから、誰も待っててくれなんて頼んでな……あれ？　お前、俺があのスケート場にきてること、どうして知ってたんだ？　俺、母さんにも行き先とか言ってこなかったのに。待ってたってことは、偶然じゃないよな」

「お前、染香さんからあのスケート場の無料チケットもらっただろ。あれの出所、どこかわかるか」

「司……まさかあれも」

司のことを指差した指がぷるぷると震えた。

「お前が俺のいない隙《すき》を狙って、あの下僕どもとどこかに遊びにでかける算段をしていることはわかってたからな。染香さんに、前以《まえもっ》てチケットを渡しておいたんだ。アミューズメントパークは入場するだけでも大変だし、お前なら絶対あいつらに気を遣《つか》ってこっちを選ぶだろうことも、簡単に予測できたからな。どうだ？　俺って寛大《かんだい》な恋人だろ？　たまには下僕どもにもエサを与えてやらないと、餓《う》えて暴走されても困るしな」

春香の大切な友人達を下僕あつかいする司は、口元に嘲笑を浮かべる。

「まぁ。珊瑚つきのエサじゃ、嬉しさも半減だろうが」

くそぉ。珊瑚もグルか。

どうりで、あんなに都合よく現われたわけだ。

「司、やっぱり一発殴らせろ！」

とにかく一発ぐらいは殴ってやらないと気がすまない。

本当は、一発どころか百発は殴りたい気分だったが、まずは一発だ。

ついさっき簡単にかわされたばかりだというのに、春香は懲《こ》りもせず、司のしたり顔に向かってパンチを繰り出そうとする。

だけど。

「このスイッチ一つで、高田にサービスできるって知ってるか？」

司に手の中のリモコンをちらつかされて、殴るよりこっちが先だと、春香は焦《あせ》ってリモコンを奪いにかかっていた。

それが、司の待ち望んでいた状況を作ることになるとも知らずに。

「随分積極的じゃないか」

「馬鹿っ。放せ」

「春香のほうから抱きついてくるなんて珍しいからな。これは期待に応えるべく、頑張らないと」

リモコンを奪うことに必死になっていた春香は、まるで司に抱きつくように身体を密着させている自分の態勢のやばさに気づいて、心搏数《しんぱくすう》を跳ね上げる。

「司。もうすぐ、もうすぐ家に着くんだぞ」

深森家まで、車で正味二十分。

それで満足するお前じゃないだろうと、春香は暗《あん》に告げたつもりだった。

なのに。なのに……。

「ああ。それなら、心配はいらない。高田には少しドライブを楽しみたいからと、二時間ぐらい車を走らせてくれるように頼んである」

傲慢《ごうまん》な悪魔は、生け贄《にえ》を逃がさぬために用意周到に捕獲用の網を行く手に張り巡らせていたのだ。

「に、二時間だって!?」

「なんなら、三時間に延長するか?」

三時間!?

「三時間なんて、絶対ヤだ」

春香は、力強くそう言うと、必死で首を横に振る。

この言い方では、二時間ならO・Kだと承知したようなものだが、春香にその自覚はまるでなかった。

「じゃあ、時間もないことだし、さっさと始めるか」

おふざけはここまでとばかりに、素早く覆い被さってくる司。

「え？　あ、ちょっ……あっ……あ」

司が本気になれば、春香に逃げる術《すべ》はない。

結局――――。

哀れな小羊は、悪巧《わるだく》みに長けたオオカミに二時間かけて美味《おい》しくいただかれてしまったのだった。

合掌《がっしょう》。

3　天使が街にやってくる

春休み五日目の朝。

深森《みもり》家のリビングは、溜め息で満ちていた。

「はーっ。司《つかさ》さん、今日もきてくださらないのかしら。春休みに入ったら、毎日きてくださるかもしれないって、母様すごく愉《たの》しみにしてたのに。ホント、がっかりだわ。春香《はるか》ちゃんも、淋しいでしょう」

ほら。また、溜《た》め息一つ。

「淋しいわけないだろ。たった二、三日顔見ないくらいで、母さんはオーバーなんだよ。毎日なんてこられたら、反対に迷惑だって。考えただけで、うんざりする。大事な客がきてるって言ってたから、司も忙しいんだろ」

春香は、大きなゴマ煎餅《せんべい》を手元で二つに割りながら、さも嫌そうに顔を顰《しか》めて、いつまでも少女のような母染香《そめか》に邪険《じゃけん》に答えた。

そんなに司に逢いたければ、自分が逢いに行けばいいじゃないか。

八つ当り気味にそう思ってしまうのは、春香自身、どうしてもそれができずにいるからなのだが。

「やぁねー、春香ちゃんったら、相変わらず天の邪鬼《あまじゃく》なんだから。インターフォンが鳴るたびに、そわそわしてるくせに」

「そんなの、母さんの気のせいだよ！」

どこまでも意地を張ってしまうのが、春香だった。

司は、寿《ことぶき》達と遊びに出かけたところを途中で連れ戻しにきた四日前、春香を家の玄関先まで送り届けると、そのまま中にあがることなく帰ってしまい、それ以来まったく姿を見せていない。

それまでは、絶対二日と空《あ》けず通ってきていたというのに。

道前寺《どうぜんじ》家に大事な客人が滞在しているとかで、その接待のために司もあまり家を空けられないらしいのだ。

邪魔するだけ邪魔しておいて、さっさと帰るくらいなら最初から放っておいてくれればいいのにと、四日前は散々毒づいた春香だったが、時間が経つにつれなんとなく淋しさを感じ始めていることは、絶対周りには悟られたくない事実だった。

春休みに入って、ほとんど一日中家の中にいるから淋しく感じてしまうだけなのだと、春香は自分にもそう言い聞かせていた。

「しょうがないから、そういうことにしておいてあげるわ」

ふふふ、と笑う染香は、『母様はなんでもお見通しよ』とでも言いたげな瞳で、ますます春香の神経を逆撫《さかな》でしてくる。

だけど、これ以上染香と口論を続けるのは得策ではないと、春香は反論しようと開きかけた唇をきゅっと引き結んでいた。

なにしろ、能天気《のうてんき》でミーハーな染香は、春香の性別を正確に把握《はあく》したうえで、大事な息子が男と婚約しているという現状を喜んで受け入れている強者《つわもの》なのだ。

まともに相手をしていては、こっちの神経が保《も》たない。

「あっ。春香ちゃん、そろそろお華のお稽古《けいこ》の時間でしょ。早く支度《したく》しなきゃ、時間に遅れたらまたお祖母《ばあ》様に叱《しか》られるわよ」

「やばっ。もうそんな時間だっけ。やっぱり着物でないと駄目だよな」

「そんなの決まってるでしょ。さ、早く、早く」

染香に急《せ》かされて、春香は慌てて着替えの置いてある清香の部屋へと駆け出していた。

いつもどおり女に見えるだけの格好はしていたが、希美香《きみか》に稽古をつけてもらうとなると、洋服のままでは好ましくないのだ。

「くそっ。こんなことなら、最初から着物にしとくんだった」

ロングのスカートをまくり上げて走る春香の姿は、端《はし》から見ればさぞや滑稽《こっけい》に映ることだろう。

途中で来訪を告げるインターフォンの音が聞こえてきたが、どうせまた宅配便の配達員か、馴染みの店からのご機嫌伺いというところだろうと察しをつけた春香の足が止まることはなかった。

行儀作法には特別煩《うるさ》い希美香にそんなところを見咎《みとが》められれば、その場で説教されるに決まっていたが、希美香の部屋は春香や隣の清香の部屋とはまったく逆方向に位置しているため、それだけは大丈夫だった。

飛びこんだ清香の部屋で、大急ぎで着物に着替えをすませると、春香は姿見で全身を素早くチェックする。

そして。

「よし。どこも変なとこはないいな」

春香は、鏡に映った自分に頷いて見せると、お華の稽古道具を手に清香の部屋をあとにした。

もちろん今度は、着物が乱れるとまずいので、しずしずと淑《しと》やかに、である。

「春香ちゃん、春香ちゃん、春香ちゃーんっ」

希美香の部屋へ向かっていた春香は、なんだか興奮した様子の染香に途中で呼び止められ、思いきり顔を顰めた。

「なんだよ、母さん。時間がないってわかってるだろ」

つっけんどんにそう言い放つと、春香は再び先を急ごうとする。

どうせたいした用事でもないくせに、と、春香は勝手にそう決めてかかっていた。

「お祖母様なら、応接間よ」

「応接間？」

ああ。そういえば、さっき誰かきてたっけ。

「そう。司さんがいらっしゃったの」

「えっ!?」

慌《あわ》てて振り向くと、染香がにっこりと笑いかけてくる。

「嬉しいでしょ、春香ちゃん」

「べ、別に」

「司さんは、春香ちゃんに逢えなくて淋しかったって、おっしゃってたわよ」

「お、男のくせに女々《めめ》しい奴だな」

言葉とは裏腹に、春香の口元には嬉しげな笑みが浮かんでいた。

「さぁ、司さんもお待ちなんだから、急ぎましょう。応接間に着いたら、春香ちゃん、きっとびっくりするわよぉ」

「また、あいつが派手なプレゼントでも持ってきたのか？」

「それは、ヒ・ミ・ツ」

染香は、着いてからのお楽しみだとばかりに、ぐいぐいと春香の腕を引っ張って先を歩きだす。

何が、ヒ・ミ・ツ、だ。

気色悪い。

「まさか、一日早いバースディプレゼントじゃないよな……」

明日、三月二十八日に十七回目の誕生日を迎える春香は、ふとそんなことも考えてみるが、司は前日にプレゼントを渡すようなタイプではない。

部屋中を埋め尽くすほどの大量の花とか、どこにつけていくのか首を傾げたくなるような、煌びやかなティアラとか。

はたまた、シンデレラをイメージしたガラスの靴とか。

どちらにせよ、貰っても嬉しくないプレゼントを押しつけてくるのだろう。

春香は、今までに司から贈られたプレゼントの品々を思い出し、ちょっとだけ憂鬱《ゆううつ》な気分になっていた。

だけど、応接間の扉の前まで辿《たど》り着き、ノックに応じる希美香の声が聞こえてくると、心搏数が跳ね上がり、プレゼントのことなどどうでもいいように思えてくる。

要は、司に逢えれば、それでいいのだ。

「お待たせいたしまして、申し訳ありません」

室内に足を踏み入れると、皮張りのソファーに腰かけている司の後ろ姿が視界に飛びこんできた。

「ああ、春香待ってたんですよ。さぁ、こちらへ」

「はい。お祖母様」

友禅《ゆうぜん》の着物をぴしっと着こなした希美香に手招《てまね》かれ、しずしずと司の向かい側へと移動しながらも、春香の胸はドキドキと高鳴っていた。

しかし。

「春香さん。今日のお召し物もとてもお似合いですね」

そんなお約束の褒《ほ》め言葉を投げかけてくる司に、笑顔で応えようと俯《うつむ》きがちだった顔をあげた瞬間、幸せな気分は一気に下降していく。

一人だと思っていた司の隣に、見知らぬ金髪の少女が座っていたからだ。

この外人、誰!?

なんで、司と仲良く並んでるわけ!?

春香は知らずに眉間に皺を寄せながら、じっと目の前の少女を凝視する。

年齢は、春香や司と同じくらいだろうか。

さらさらストレートの金色の髪に、スミレ色の瞳が印象的な彼女は、春香と瞳が合うとにっこり笑って胸の前で可愛らしく手を振ってきた。

その馴《な》れ馴れしい態度にムッとして、ますます眉間の皺が深くなる春香だったが、彼女の顔にはどこか見覚えがあった。

もしかして、どこかで逢ったことがある相手なのか?

だけど、外人には知り合いなんていないはずだし………。

うーんと考えこむ春香に、希美香がわざとらしい咳払いをしてみせる。

「どうしたんです、春香。お客様にご挨拶もしないで、ぼーっと立ったままでいるなんて、失礼でしょう」

「あ……いらっしゃいませ。司さんの他にも、お客様がいらっしゃっているとは思わなかったものですから。失礼いたしました」

はっと我に返った春香は、慌《あわ》てて非礼を詫びて、希美香の隣へと腰を下ろした。

それを待っていたように、

「今日は、春香さんをびっくりさせようと思ってきたんですよ」

司がにこやかに話しかけてくる。

なーにが、びっくりさせようと思って、だ。

何の前触れもなくいきなりやってきたからって、いまさらびっくりしたりするわけがないだろーが。

バーカ。

それとも女連れできたことを驚けってことか？

なんて、あれこれ考えてムッとしていた春香だったが。

「まずは、僕の隣のこの美しいお嬢さんをご紹介しないといけませんね。春香さん、彼女はアン・マーシェル。現在道前寺家に滞在中のお客様です」

司が美しいと言った目の前の少女が道前寺に滞在中と聞いて、今度は何だか胸の奥がもやもやしていた。

大事な客がきていると言っていたのは、彼女のことだったのだ。

司がつきっきりでもてなしているなんて、余程《よほど》大事なお客様なのだろう。

「アン、こちらが僕のフィアンセの春香さんです」

アン、だってぇ!?

司が彼女のことを『アン』と呼び捨てで呼んだことで、春香の胸のもやもやはさらに広がっていた。

相手は外国人なのだから、さん付けするのはかえっておかしいことはわかっていたが、聞いていてなぜかイラついた。

だけど、希美香の手前変な態度を取るわけにもいかず、

「深森春香でございます」

春香は、淑《しと》やかに挨拶する。

すると、アンが何か反応を返すより先に、

「春香さん。彼女、誰かに似ているとは思いませんか?」

司が、そう愉《たの》しげに問いかけてきた。

「誰かに似てる!?」

 じゃあ、俺が知っているのは、彼女が似ているという『誰か』のことなのか？

 春香は、その『誰か』を探して記憶を辿ってみるが、該当者はすぐにはみつからなかった。

「おわかりになりませんか？」

「ええ。見覚えのあるお顔のような気もするのですが………」

春香が、首を傾《かし》げながらそう答えると。

「それはそうでしょうとも」

希美香が、さも当然という口調で返してくる。

どうやら、希美香もその『誰か』がわかっているらしい。

「では、これではどうです？」

司は、まだわからずにいる春香にヒントを与えるつもりなのか、脇に置いていた袋から黒髪のロングのカツラを取り出し、隣で微笑んでいるアンにつけさせた。

「あっ……」

春香は、思わず驚きの声をあげる。

見覚えがあるのも当然だった。

目の前にいるのは、もう一人の自分。

アンが似ている『誰か』とは、春香当人のことだったのだ。なのに、こうされるまで気がつかなかったなんて、随分マヌケな話である。

金髪とスミレ色の瞳に惑わされて、『誰か』は外人なのだと、端《はな》から思いこんでいたせいもあるだろうが。

外人であるという以前にアンは女性だったので、男である自分のことは、無意識に除外していたのかもしれなかった。

「これで瞳の色をカラーコンタクトで黒くしてしまえば、もっとそっくりになるはずですよ。試してみましょうか？」

春香は、結構ですと、ぷるぷると首を振る。

試してみましょうかと言うからには、司は多分カラーコンタクトも用意してきているのだろうが、今でも充分そっくりなのだから、結果は想像するまでもない。

女性とそっくりだというのは、春香にとってはあまり喜べたことではないが、似ている事実は否定しようがなかった。

彼女が今着ているワンピースを脱いで、春香と同じ着物に着替えてしまえば、鏡を見ているような気分を味わえるはずだ。

よく見ると、瞳の色以外にも、唇の脇にあるほくろが春香とは違っているが、ぱっと見では入れ替わっても気づかれそうもない。

「世の中には同じ顔をした人間が、三人いると聞いたことがありますが、あれもあながち嘘ではないかもしれませんねぇ。この私でさえ最初見た瞬間には、春香がふざけて変装でもしているのかと、疑ったくらいですから。本当に、驚きましたよ」

希美香の台詞《せりふ》に、春香はぎくっとなる。

「……わ、私も、とても驚きました」

声にもその動揺が表れていた。

今現在、ふざけているわけでもなんでもなく、春香は女装という一番情けない変装をしているのだ。

真実を知ったら、希美香は驚くどころか卒倒《そっとう》して、大変なことになってしまうに違いなかった。

そうなれば、深森家の悲劇再び、である。

それだけは絶対に、避けなければならないのに。

連鎖的にこっちのことまで疑われたらいったいどうする気だったんだと、春香は司のことを軽く睨むが、司は少しもこたえた様子はなく、にっこりと笑いかけてきた。

「血縁関係でもなくここまで似ているというのは、あまりあることではありませんから、春香さん達が驚かれるのも無理はありませんよ。僕も以前一度顔を合わせただけで、久しく逢っていなかったもので、かなり驚きました。家の者も皆、同様の反応でしたので、彼女も興味をかられたのでしょう。ぜひ春香さんに逢わせてほしいと頼まれまして、今日ここへお連れした次第です」

俺は見せ物じゃないぞ、くそったれ。

内心で毒《どく》づくぐらいしかできないことが、春香は口惜《くちお》しかった。

「アン。どうです？　僕の言っていたとおりだったでしょう？」

「はい。こんなに似ているなんて、とてもびっくりしましたね。まるで私達双子みたいです」

アンは、そう言って、キラキラした瞳を向けてくる。

喋り方は少し変だったが、弾んだ声が、アンが本当にそれを喜んでいることを教えていた。

「そ、そうですね」

春香は、何か言わなければならない気がして、とりあえず同意の言葉を返す。

　すると。

「春香。私春香と、とても仲良くしたいです。だから、よろしくしてください」

　満面の笑みで身を乗り出してくるアンは、友好の証《あかし》のつもりなのか、春香の手をぎゅっと握ってきた。

「あ、あの、アンさん……」

　女の子に手を握られるなんて、滅多にあることではないだけに、春香は妙にドギマギして狼狽《うろた》えてしまう。

　そんな春香の反応に、司の眉根が僅《わず》かに寄せられたが、ほんの一瞬のことだったので、誰もそれには気づかなかった。

「春香。さんはいらないです。アンと呼んでください」

　期待に満ちた瞳でじーっと見つめられると落ち着かなくて、

「……アン…」

　要望に応えてそう呼んでみたものの、やっぱりなんか気恥《きは》ずかしい。

「私達、友達」

　嬉しそうに握った手をぶんぶんと強く振ってくるアンは、実に無邪気《むじゃき》だ。

　笑いかけられると、ついつられて笑ってしまう。

だけど。

「よかったですね、アン。春香さんのような素敵な友人ができて」

「はいっ。とてもハッピーです。司に感謝するでございます」

仲良さげな司とアンを見ているうちに、春香の顔からは、すーっと笑みが消え去っていた。

自分とそっくりな女性が司と笑いあっている光景は、すごく奇妙で、居心地の悪さすら感じる。

でも、そんなことを感じているのは、春香だけなのだ。

なんだか自分独《ひと》りがとり残された気分だった。

「………春香、春香。司さん達を、玄関までお見送りしていらっしゃい」

「あ……えっ!?」

ぼんやりしていたところを、希美香にぴしりと膝《ひざ》を叩かれ、春香は慌《あわ》てて司へと視線を向ける。

「もうお帰りになるんですか？」

それは、思わずぽろっと零《こぼ》れた言葉だった。

いつもの司だったら、何やかやと理由をつけて、少しでも長く春香の傍《そば》にいたがるからだ。

「すみません。これからアンに浅草を案内する約束になっているので、そう長居もしていられないんですよ」

すまなそうに言って、司はアンを促《うなが》して立ち上がる。

本当に、今日は春香をびっくりさせるためだけに、立ち寄ったらしい。

いや。正確にいえば、アンを春香に引き合わせるために、で。春香をびっくりさせるのは、そのオマケのようなものだ。

そう考えると、なんだかおもしろくなかった。

司とアンに続いて応接間を出た春香は、いっそこのまま知らぬ顔で、自分の部屋に戻ってしまおうかとも思ったのだが、希美香にバレたら後々面倒だと思いなおし、一応見送りだけはしておくことにする。

「浅草行ったら、刀とセンベエを買います。とても愉しみです」

なんて子供のように燥ぐアンが、急《せ》かせるように司の腕を引っぱり、どんどん足を速めていくので、玄関まで辿り着くのはあっという間だった。

そして、待たせていた車に乗りこんだ司達は、

「サヨナラ、春香。またいつか遊びましょう」

「今度はゆっくり時間を作って伺います」

そんな挨拶の言葉を春香に残し、愉《たの》しい愉しい浅草観光へと出発していく。

「どこにでも勝手に行けばいいんだ、司の馬鹿っ」

車が視界から消え去ると同時に、イラつき任《まか》せに怒鳴《どな》りながら、春香が草履《ぞうり》で地面を蹴りつけていると。

「あらあら、春香ちゃん。そんな酷いこと言ってると、司さんアンちゃんに取られちゃうわよ。焼きもちはもっと可愛く焼かなくっちゃ」

いつの間にか背後に忍び寄っていた染香が、ひょこっと顔を出しながら、とんでもないことを告げてきた。

とたんに春香には動揺が走り、顔がかーっと赤くなる。

それを誤魔化《ごまか》すように、

「俺がなんで、焼きもちなんか焼かなきゃならないんだよ。あんな奴、アンだろーが、カンだろーが、ほしけりゃ誰にでも熨斗《のし》をつけてくれてやる」

ムキになって口早に反論する春香だったが、これくらいのことで引くような染香ではなかった。

なにしろ、同性である司との恋愛を応援し、あげく本気で司の婿入りまで望んでいるような強者なのだ。

「じゃあ、なんで怒ってたの？　司さんがアンちゃんと仲良くしてたのが、気に入らなかったんでしょう？　二人で浅草観光なんて、まるでデートみたいですものね。やっぱり、恋人としては頭にきちゃうわよねぇ」

いつものごとく、私は何でもお見通しよとばかりに、染香はウフフと笑ってみせる。

デートという単語に、胸の奥が騒《ざわ》ついたが、春香はあえて気づかないフリをした。

そして。

「そ、そんなことあるもんかっ。俺はただ、ついでみたいに逢いにこられたのが嫌だっただけだ。デートでもなんでも、勝手にすればいい」

春香は、語気《ごき》荒く言い放つ。

これでは、焼きもちを焼いていると自ら暴露《ばくろ》したようなものだが、春香にはまったく自覚がなかった。

だから。

「春香ちゃん……そういうのを焼きもちって言うのよ」

やれやれという呆れた口調で、染香にそう言われて、春香は顔だけでなく全身ユデダコのように真っ赤になっていた。

これが、焼きもちだって？

「違う。違う。ちがーう」

その場にじっとしていられなくなった春香は、喚《わめ》くように叫ぶと、染香を押し退けて家の中へと駆けこんでいく。

「もう。素直じゃないんだから。そんなんじゃ、ホントにアンちゃんに司さんを取られちゃうわよ」

最後に追ってきた染香の声は、とても不満げだった。

それでも、春香は振り返ることなく、足を進めていく。

「どーぞ、どーぞ、遠慮なく」

あんな意地悪な奴、取られたからってどーってことない。

かえって、せいせいするくらいだ。

どこまでも意地っ張りな春香は、口ではそんな強がりを言いながら、無意識に握り締めた拳にぐっと力を入れていた。

あとで手のひらをよく見たら、くっきりと爪痕《つめあと》が残っていたが、このときの春香は痛みも何も感じていなかった。

4　不透明な恋心

あんな意地悪な奴、取られたって別にどーってことない。

そう。どーってことないはずなのに――――。

「あー、もう、司《つかさ》達いったいどこにいるんだよ。春休みで人が増えてて、ごちゃごちゃしてるし……このままじゃ見つかんないよ」

なんてぼやきながら、春香《はるか》は現在浅草の街をうろついていた。

なぜこうなったのかというと、実は春香にもよくわからなかった。

あのあとイラつきながら自室に戻った春香だったが、気がついたら洋服に着替えて、浅草へと向かっていたのである。

まさに、衝動的な行動だった。

正気づいたからといって、いまさら家に戻るわけにもいかず、春香はとりあえず、これは単なる好奇心で、司とアンのことが気になったから追いかけてきたわけじゃないと、自分に言い聞かせて、今に至るというわけだ。

だけど、浅草といっても、見て歩く場所はいろいろあるし、ちょうど春休みだということも重なって、大勢の観光客達の中からすぐに司達を発見するのは難しく、春香は気ばかりが焦っていた。

まずは、一番外国人が喜びそうな浅草寺《せんそうじ》に向かい、金髪を目印に境内《けいだい》をあちこち探して回ったのだが見つからず。

宝蔵門《ほうぞうもん》から雷門《かみなりもん》まで続く仲見世《なかみせ》の店先を、一軒一軒覗いて回っているというのに、二人の影さえ掴《つか》むことはできないのだ。

「もしかして、すでに浅草から移動してるってことはないよな。電車の乗り継ぎだって、スムーズにいったし。せいぜい、三十分ぐらいしか着いた時間かわんないはずだもんな。この辺見て歩いてたら、時間なんてすぐ……」

ぶつぶつ独《ひと》り言を呟いていた春香は、すれ違った数人の女の子達から聞こえてきた会話の内容にぴくっと反応し、思わずがばっと振り返る。

今確かに、王子様みたいな、すごくかっこいい男がいたとかなんとか言ってたよな？

「すみません、ちょっといいですか!?」

春香は、一番近くにいた女の子の腕を掴んで、慌《あわ》てて引き止めていた。

王子様みたいですごくかっこいいというのは、確かにいつも司が周りの女達から言われている言葉だが、彼女達が話題にしている男が司だという保証はどこにもない。

そう形容されている男が、司だけならいざしらず。

人の好みはそれぞれだし、これだけ大勢人が集まっている場所では、別人である可能性も大きいというのに。

春香はそれを聞いた瞬間、その男は司に違いないと、勝手に思いこんでいまったのだから、これも恋人の欲目というのだろうか。

「その男って、モデルみたいなスタイルで、上品なスーツを嫌味なくらい綺麗に着こなした、ものすごい美形の男ですよね」

「そ、そうですけど………」

やっぱり、司だ。

間違いない。

答えた女の子は怪訝《けげん》な顔をしていたが、春香は確証を得たと、独り満足げに頷いたあと、彼女にその男の居場所を教えてくれるように頼みこんだ。

女の子はどうしようかというふうに、友人達と顔を見合わせていたが、何かよほどの事情があるとでも思ったのか、親切に自分のガイドブックに印をつけて、少し先にある玩具屋を教えてくれる。

春香は急いでその玩具屋に向かい、店内にスーツを着た男の後ろ姿を視界に捉《とら》えると、少し離れた死角へと移動して、こっそりと様子を伺った。

すると。

よーく見るまでもなく、やはり彼女達の言っていた王子様のようにかっこいい男の正体は、紛れもなく道前寺司、その人で。

司は、昔懐かしい玩具を次々と手にとって、愉《たの》しげに笑っていた。

「やけに愉しそうじゃないか」

むすっとした声でぼそりと呟《つぶや》くと、春香は司と一緒にいるはずのアンの姿を目で探す。

あれ？

どこにも金髪なんていないぞ。

変だなと首を傾げていた春香は、司が少し動いたことで見えた黒髪の女に、はっとなった。

「そうか。カツラか……」

金髪を目印にアンのことを探していた春香だが、なんとアンは、深森《みもり》家でつけてみせた例の黒髪のカツラを着用していたのだ。

そろそろと近寄ってみると、あの印象的なスミレ色の瞳までが、カラーコンタクトで黒く変わっていて、外国人であることは外見ではわからなくなっていた。

だけどなんで、そんなことする必要があるんだ？

日本人にとけこむために、あえて日本人っぽくしてみたとか？

それとも、ただのファッションなのか？

春香は、暫《しば》らくアンが変装している理由をあれこれ考えていたが、瞳の色が黒くなったことでますます自分の女装姿にそっくりになってしまったアンを見ているうちに、だんだん落ち着かない気分になってくる。

まるで、自分を見ているような、そんな妙な感じがするのだ。

表情の曇る春香の前で、司から何かを買ってもらったらしいアンが、ぴょんぴょん跳ねるようにして、嬉しげに司に抱きついていく。

その瞬間、胸の奥がキリッと痛んだ。

「俺は、あんなふうに司に抱きついたりしないからな」

春香は胸の痛みを誤魔化《ごまか》すように、誰に説明するともなく独りごちる。

ああいうことができるのは、アンが本物の女性だからだ。

男である自分が、同じ男である司に自分から抱きついていくなんて、春香は考えただけで恥ずかしくて堪《たま》らなかった。

いくら相手が恋人でも、恥ずかしいものは恥ずかしいのだ。

司はそんな春香に、いつも不満げだったが、これぱっかりはどうしようもない。

恋愛に関してまだ初心《うぶ》なところが抜けきれない春香は、自分はずっとこのままなのだとそう信じこんでいた。

「あっ。ヤバイ、出てきた」

その店での買い物を終えた司達が外に出てくると、春香は焦《あせ》って一瞬物陰《ものかげ》に隠れ、それからまたこっそりとあとを追いかけていく。

優しくエスコートする司に、アンは燥《はしゃ》いだように腕を絡ませ、春香がすぐ後ろにいることになど気づきもしない。

もちろん、司も春香の存在にはまったく気づいていないようだった。

何もそんなにくっついて歩くことないだろうに。

それじゃあ絶対、歩きにくいぞ。

もう少し離れたらどうなんだ!?

イライラと爪を噛みながら、二人の後ろをついていく春香は、自分の今抱いている感情が嫉妬《しっと》からくるものだとも知らず、心の中で文句の言葉を繰り返す。

全国模試の上位常連である優秀な頭脳も、こと恋に関してはあまり役にたたないらしかった。

司達が和菓子屋の前で立ち止まったと同時に、突然お腹がグゥッと鳴ってしまった春香は、お腹をおさえてきょろきょろと辺りを見回す。

距離をとっているので、司達に聞こえてはいないと思うが、すれ違う見知らぬ人達に聞かれてしまった可能性は多いにあった。

しかし、誰も春香に気をとめる者はなく、春香はほっと息を吐《つ》く。

「よかった。誰にも聞かれてないみたいだ」

なんて安心したのも束《つか》の間《ま》、どこからともなく美味しそうな匂いが漂ってきて、春香のお腹はもう一度自己主張を始めた。

「そういえば、お昼時だもんな。お腹も空《す》くはずか……」

春香は、腕時計を覗きこみ、いつもならもう昼食のテーブルについている時刻だということを確認して、納得げに呟く。

だけど、今はのんびり昼食を摂《と》っている場合ではない。

一食ぐらい抜いたって別にどーってことはないのだから、我慢だ、我慢。

そう思いつつも、漂ってくる食べ物の匂いを無意識にくんくんと嗅《か》いでしまうのは、お腹が空いている証拠だった。

「この匂いって、煎餅かな」

春香は、匂いの正体を推測して、近くの煎餅屋へと視線を走らせる。

それから暫らく、そのままじーっと煎餅屋の店先を見ていると、いきなり視界に司達の姿が入ってきて、春香は慌てふためいた。

どうやら、春香がぼーっとしている間に、今度は煎餅屋へと移動していたらしい。

早速煎餅を購入する司達を、春香はお腹を撫《な》でながら、ちょっと羨《うらや》ましげに見つめる。

すると、司から焼きたての煎餅を一枚受け取ったアンが、その場でバリバリと食べ始めた。

一枚でも買える手焼き煎餅は、焼きたてを食べるのが一番美味《おい》しいのだ。

ああ。めちゃくちゃ美味しそう。

食べたら絶対美味しいだろうな。食べたいな。

美味しそうに煎餅を頬張るアンを見ていると、ますます食べたくなってくる。

だけど、一枚目の煎餅を食べ終え、二枚目の煎餅を手にしたアンから目が離せないでいた春香は、突然アンがその煎餅を握ったままこちらに向かって駆けてきたことで、パニックになってしまった。

え!? な、なんで!?

なんでこっちにくるんだ!?

春香はどこか隠れる場所はないかと、視線をさ迷わせたが、間に合わない。

顔を引きつらせる春香の目の前で立ち止まったアンは、にっこりと笑って、握っていた煎餅を「はい」と差し出してきた。

これは、どう解釈すればいいんだ?

俺が春香だってバレてるのか?

それとも、ただ物欲しそうな顔をしているから、親切でくれているだけなのか?

春香が、この状況が把握《はあく》できずに、ぐるぐると頭を悩ませていると。

「春香、それ美味しいですよ」

アンの弾んだ声が、一気に春香を奈落《ならく》へと突き落としてきた。

「ひ……人違いです。俺、女じゃなく男だし。ほら、ちゃんと男の格好してるし。髪だって短いし。全然、全然違います」

完全に狼狽《うろた》えた春香は、頭の悪そうな苦しい言い訳の台詞《せりふ》を口にしながら、じりじりと後退る。

「そんなことないです。春香は、春香です」

「だから、違うって」

ムキになったように言い放ち、このまま逃げてうやむやにしてしまおうと、ダッシュしかけた春香だったが。

「探偵ごっこはもうお仕舞いですか？　春香さん」

引き止めるようにかけられた声に、ぴたっと動きを止めていた。

「なかなか愉しい趣向でしたが、長時間だと疲れるでしょう。よければ今度は、一緒に回りませんか？」

司が、いつもの悪魔の微笑みを浮かべて、上機嫌で誘ってくる。

どうやら司は、随分前から春香の尾行に気づいていたらしい。

しかも、気づいていてわざと気づかないフリをしていたなんて、やっぱり司は嫌味な男である。

「い、いえ。私は、そろそろ家に戻ります。司さん達を驚かそうと、こんな男の格好をしてきたのですが、もうバレてしまいましたし。やはり普段の格好でないと、落ち着きませんので」

司の顔を見て、少し冷静さが戻った春香は、この状況を誤魔化すためのもっともらしい言い訳の言葉を口にして、退散をはかろうとした。

秘密がバレるよりは、女のフリを続けたほうがましなのだ。

しかし。

「春香さん、もう女のフリなんてしなくても大丈夫ですよ。アンは、春香さんが本当は男だということも、それでも僕の最愛の恋人だということも、全部知っていますので」

すでに逃げ道は断たれていたらしい。

「司が喋ったのか」

誰にも喋らないいって約束したくせに！

春香は、責めるように司を睨む。

なのに。

「いいえ、尚《ひさし》兄さんが調子にのって喋ってしまったんです。あの人は、少しトラブルを好む傾向にあるので」

司から返ってきた答えは、予想外のものだった。

微妙に声のトーンが落ちているところから、司もこの件に関しては不本意だったということが窺《うかが》い知れる。

道前寺家の四兄弟。

その末弟である司を、歳《とし》の離れた三人の兄達は皆溺愛《できあい》していて、目の中に入れても痛くないほど可愛がっているのだが、その愛情の示し方はかなり歪《ゆが》んでいるのだ。

わざと困難や試練を与え、自分達に頼ってくるのを心待ちにしてみたり、はたまたさらに突き落として、これもみんな愛のムチだと言ってみたり、そんな迷惑な愛情を注がれ続けているのだから、司が兄達のことを苦手とするのは当然だった。

そして、司を上回る悪魔ぶりを発揮する三人の兄達の中でも、一番厄介なのが三男の尚なのである。

兄達の中で唯一春香の秘密を知っている尚は、それをタテに春香までもを巻きこんでくるので、他の二人より質《たち》が悪かった。

今回のことだって、尚だったらやりかねないと、疑う気持ちさえおこらない。

「こうやって俺の秘密は、どんどんバレていくんだ……」

春香は、憂鬱《ゆううつ》な気分になりながら、近い未来にやってくるであろう深森家崩壊の時を想像して、大きなため息を吐いた。

「春香。秘密は、とても大事。私、誰にも言いません。お祖母様助けるのは、すごく偉いことです。春香とてもカッコいい。応援しますです」

「う、あっ……ちょっ…アン…」

いきなりがばっと横から抱きついてきたアンに、よろりとなりながら、春香は焦った声をあげる。

いったいなんで、ここでアンに抱きつかれなくてはならないんだ?

アンの突然の行動に、春香の心臓はバクバクいっていた。

なのに、対するアンは無邪気な顔で、

「何かあったら、私が守ってあげます。まかせてください」

そう言って、自分の胸を叩いて見せる。

女の子に守ってあげると言われるなんて、男として情けないことこのうえなかったが、春香は腹を立てる気にはなれなかった。

反対に、素直にありのままで接してくるアンはすごく可愛くて、自分に妹がいたらきっとこんな感じなんだろうなと、口元に笑みが浮かぶ。

もともと春香は、自分に無条件に寄せられてくる好意に、とても弱いのだ（もちろん、春香本人はそのことにはまるで気づいていなかったが)。

「これは困ったことになりました。春香さんをお守りするのは、恋人の僕の務《つと》めだったのですが。強力なライバルが現われたようですね」

お寒い台詞を口にする司は、春香を後ろから抱きこむようにしてアンから引き離し、彼女に対抗する真似をしてみせる。

「馬鹿。何考えてんだよ」

みんな見てるじゃないか。

春香は、恥ずかしさに真っ赤になって、司から離れようと身動《みじろ》ぐが、

「こうしていないと、強力なライバルに取られてしまうじゃないですか」

羞恥心のかけらもない司は、くすりと笑って、抱き締める腕にさらに力を込めてきた。

どうやら、まだアンとのライバルごっこを続けるつもりらしい。

冗談じゃないぞと、無理矢理《むりやり》に司の腕を引き剥《は》がしにかかっていた春香は、

「そうです。私は、強力です」

司の台詞を受けて、エッヘンと威張《いば》って返すアンに、思わずぷっと吹き出していた。

すると、司もそれにつられるようにして笑いだし、アンは何で笑うんだと、拗《す》ねたようにぷーっと頰《ほお》を膨らませて抗議してくる。

そんな愉しいやりとりを続けているうちに、春香がさっきまで感じていたイライラや、もやもやした気持ちはどこかへ消え去ってしまっていた。

そして。

司とアンに両側から挟まれて、家に帰ることも許されなくなってしまった春香は、結局浅草見物に付き合うはめになったのだった。

「次はどこに行きましょうか。刀も法被《はっぴ》も扇子《せんす》も買いましたし、いっそ別の場所に移動しますか？　アン、どうします？」

「そうですね。私、アンコのもの食べたいです」

「えぇっ!?　さっき、あんなにお寿司食べたのに、まだ食べるのか？」

「歩きましたら、お腹空《す》いたです」

ハキハキとしたアンの答えに、春香と司は顔を見合わせて苦笑する。

昼食はお腹いっぱい寿司を食べておきながら、それから一時間も経たないうちに、もう甘いものが食べたいなんて、随分な食欲だった。

春香なんかは、まだまだお腹がパンパンしているというのに、すごいものである。

「人形焼でいいですか？」

「私、それ知りません。それ、食べてみたいです」

どんな珍しいものが食べられるのだろうと、アンはワクワクしている様子だった。

「では、アンと春香さんはここで待っていてください。何度も行ったり来たりしていると疲れますからね」

人形焼の店は、今いる場所からは少し離れていたので、司がそんな気遣いをみせる。

「あ、俺平気だから、一緒に行くよ」

春香は、司一人を行かせるのは悪い気がして、そう言ったのだが。

「春香さん、その靴おろしたばかりの靴でしょう？　靴擦れでもできたら大変ですよ。僕一人で事足りるのですから、ここにいてください」

司は、春香の申し出をきっぱりと断って、一人でその場を離れていった。

あいつ、この靴がおろしたてだってことよくわかったよな……。

春香は、先日染香に買ってもらったばかりのブーツを履《は》いてきていたのだが、やはりおろしたての靴は足に馴染《なじ》むまでに時間がかかるもので、実はさっきから爪先の辺りに違和感を覚えていたのだ。

だけど、まさかそれを司に見抜かれているとは思わなかった。

「司、春香のことすごく大事ですね」

「や……それは……」

自分でもちょっとだけ、そう思っていただけに、春香はかーっと耳まで赤くする。

「春香も、司のことすごく大事でしょう？」

「べ、別にすごくってことはないし……普通。そう、普通かな」

素直にそうだと答えられない春香は、焦って口早に答えた。

すると、アンはぷるぷると首を横に振り、

「春香、素直じゃありませんね」

と、鋭い指摘をしてくる。

「でも、春香顔に出るのでわかりますです。何もわからないと、つらくて苦しいです。苦しくて、胸が痛くなります」

「アン……？」

何だか途中から、すごく実感がこもっていたように感じたのは、気のせいだろうか。

「ずっと、待っているのに……」

どこか遠くをじっと見つめて、ぽつりと呟《つぶや》くアンの横顔はすごく寂しげだった。

「待ってるって、何を？」

「あ、何でもありません。独り言でしたです」

そう言って笑顔を作るアンは、それ以上の追及を拒んでいた。

理由を知りたい気持ちもあったが、アンが話したくないというのなら、もうこれ以上追及するのはよそうと、春香は話を変えるための話題を探す。

「アンは、今回は一人で日本にきたのか？」

「いいえ。国の者達と一緒に」

国の者達？

家の人達っていうことかな？

「その人達とは一緒に観光したりしないのか？」

「みんなそれぞれ、仕事がありますですから」

「そうか。家の人が仕事で忙しいから、司がその代わりをしてたんだ。一人じゃ、確かに退屈だもんな」

春香は、そういうことだったのかと、うんうんと納得顔で頷《うなず》いていた。

「観光以外に、アンがしたいことってある？」

「私、日本でたくさん友達作りたく思って、日本の言葉いっぱい勉強しました。だから、春香と友達になれた、すごく嬉しいですが。もっと、いっぱい友達作ってみたいのです」

「友達かぁ……。それってやっぱり、女の子だよな」

だったら、駄目《だめ》だ。

春香にはアンに紹介できるほど親しい女の友達など一人もいない。

「男でも女でも、友達は同じ」

「男でもいいなら、お薦めのすごくいい奴らがいるよ。俺の大切な友達なんだ。今度、アンに紹介するからな」

春香の言う大切な友達とは、もちろん寿達のことである。

春香は、彼らなら絶対にアンと仲良くなれるはずだと、自信をもって紹介するつもりだった。

しかし。

「ごめんなさい、春香。私、もうすぐ国帰ります。時間ありません」

残念そうにアンに言われて、春香はがっくりと肩を落とした。

でも、諦《あきら》めるのはまだ早い。

「アン。今日は、このあとどこ行くかまだ決めてないんだよな」

春香はアンが頷くのを確かめると、

「じゃあ、俺が帰ってくるまで、それ決めるの待っててくれよ。俺ちょっと今から、トイレに行ってくるから」

そう言い置いて、ちょうど司が目の前まで戻ってきたのと入れ違いに、走りだしていた。

目指すは、トイレではなく、公衆電話である。

「春香さん、どこに行くんですか!?」

驚いたような司の声が聞こえてきたが、春香は振り返りもせず、どんどん先を急いでいた。

そのあと。

目的の電話をすませて司達のもとへ戻った春香は、これからアンを案内したい場所があると、やや強引に次の場所への移動を促した。

そして、運転手の高田に正体がバレないように、移動にはタクシーを使い、目的地へ向かってひた走っていく。

行き先はついてからのお楽しみだと言う春香に、司は怪訝そうな顔を向けてきたが、好奇心を刺激されて燥いでいるアンの手前、深く追及してくることはなかった。

目的地に着いたら、司は怒るかもしれないが、着いてしまえばこっちのものだと、春香はこっそりと思っていた。

5　ラブパニック

そして。

車は目的地である、『雅乃《みやびの》』という料亭の前に、無事辿《たど》り着いたのだが。

司《つかさ》は、係の人の先導で、奥の部屋へと案内された瞬間から、すっかり不機嫌になっていた。

「これはこれは、東雲《しののめ》三銃士のみなさんがお揃いでお出迎えとは豪勢《ごうせい》ですね。でも、どうしてここがおわかりになったんでしょう？　春香さんを探知する、センサーでもついているのですか？」

司は係の人が去っていくのを見届けると、開口一番皮肉げな台詞《せりふ》を口にして、部屋で待っていた和服姿の寿《ことぶき》達三人に、冷たい視線を投げかける。

しかし、対する寿達も負けてはおらず。

「春香《はるか》さんを探知するセンサーがついているのは、そちらのほうでしょう。この間も、夕イミングよく邪魔していただいたばかりじゃないですか」

「そうだ。いいところで、邪魔しに現われやがって」

「まるっきり、ストーカーレベルだ」

なんて、口々に応戦を始めたので、その場は険悪《けんあく》な空気に包まれていた。

そのことに焦った春香は、四人の間に割りこむと、

「俺がみんなを呼んだんだ。アンがたくさん友達がほしいって言うから、みんなを紹介しようと思って」

と、口早に説明を入れる。

そう。あのとき、春香が電話をかけた相手は、寿達で。

ちょうどタイミングよく、鈴鹿《すずか》の家に集まっていた彼等を一気につかまえることができた春香は、事情を話し、アンに逢ってくれるように頼んでいたのだ。

そして、快く二つ返事で承知してくれた彼等に、この料亭で落ち合うことを提案され、春香はここまで二人を導いてきたのである。

「春香。この人達が、私と友達になってくださるですか？」

「そうだよ。彼等三人が、俺の自慢の友達なんだ」

春香の台詞に、下僕達はじーんとなりながら、アンの前に進み出る。

そして、順番に自己紹介を始め、アンと友達になることを高らかに誓ってみせた。

春香に自慢の友達とまで言われて、下僕達がはりきらないわけはないのだ。

それに相手は、春香にそっくりなのである。

電話で春香から話を聞いたときは、半信半疑だったのだが、いざ自分の目で確かめてみるとそれは疑いようもない。

そんな彼女の友達になるのを拒むなんて、彼等にできるはずがなかった。

「友達。いっぺんに、三人もできました。すごいです」

無邪気に喜ぶアンは、パチパチと拍手しながら、司へちらりと視線を向ける。

アンは、司がこのことをよく思っていないのを、敏感に感じ取っていたのだろう。

「僕としてはあまりお薦《すす》めできませんが、アンがそれでいいというのなら仕方ありませんね」

司も、やはりアンには弱いのか、仕方なさそうにそう言うと、自分も同じようにパチパチと拍手してみせた。

春香はそれにようやく、ほっと胸を撫で下ろす。

このまま司の怒りがとけず、強引にアンをつれて帰るなんてことになったらどうしようと、春香はさっきからずっとハラハラしていたのだ。

「で、これからどうするんです？　このままここで食事して終わるのもいいですが。そんな格好までしているのですから、何か考えてあるのでしょう？」

司は、着物姿の下僕達を正面から見据えると、先を促すように問いかける。

普段自宅では和服で過ごしている寿なら、和服姿でいても何の不思議はなかったが、それが鈴鹿や高橋《たかはし》までがそうだとなると、何かあると思うのは当然だった。

「このあとは、アンさんにもっと日本に親しんでいただくために、奥の茶室をお借りして茶会を催《もよお》すつもりなのですが、それではご不満ですか？」

「いいえ、別に」

司の台詞には、何か含みを感じたが、春香は「ある」と言われて、また険悪になるよりはいいと、

「この料亭は、寿のうちのお弟子さんが経営してるんで、プライベート用の茶室を特別に貸してもらえたんだ。すごいよな」

気づかぬフリで、ことさら明るい声を張り上げる。

そして。

「アンは、茶道って知ってるか？」

今度はアンに、話を振ってみた。

さっきからアンが、きょとんとした顔をしているのが気になったからだ。

「茶道？」

アンが、わからないといったふうに首を傾げる。

どうやら、茶道では通じなかったようだ。

だとしたら、多分さっきの説明もほとんどわかっていなかったに違いない。

「どう言ったらわかるかな。こーやって、茶碗の中のお茶を道具でしゃかしゃかって掻《か》き混ぜるの、テレビとかで見たことない？」

春香は、ジェスチャーつきで、必死に説明した。

「わかりました。秀吉《ひでよし》が、やってたやつですね。それは、すごいでした。私、それやってみたいです」

秀吉？

ああ。豊臣《とよとみ》秀吉のことか。

「やるのはいいけど、まずはちゃんと教わってからな」

春香は、自分を真似《まね》てくるくると手首を回しているアンに、苦笑混じりに言う。

「大丈夫。ここに、若先生がいるから」

「そうそう。若先生に任せてれば、間違いないって」

鈴鹿と高橋が、茶化《ちゃか》すようにして寿をぐいっと前に押し出してきたのに、アンは真剣な顔でうんうんと頷いて、みんなの笑みを誘っていた。

そして――――。

そうこうしているうちに、茶室の用意が整ったとの報《しら》せが入り、春香達は全員で店の離れにある茶室へと移動することになった。

そのあと。

アンのために催《もよお》された茶会は、薄茶席《うすちゃせき》で。

薄茶は濃《こい》茶と違って、一つの椀をみんなで回し飲みをするわけではなく、別々の椀で点《た》てられるので、そんなに難しいこともなく。

客としての作法は比較的簡単ではあったのだが、やはりまるっきりの初心者のアンにはすべてが難しかったようで、何か一つするごとに叫んだり、立ち上がってみたりと大騒ぎだった。

作法は気にせず、楽にしていいからと寿に言われたときに、ちゃんとやりたいと主張したのは、アンのほうだったのだが。

最初の段階でまず、二つだけとっていいと説明された干菓子《ひがし》を、隣に回すこともなく一人で菓子器から直《じか》にバクバク食べてしまったし。

亭主《ていしゅ》の寿が茶を点《た》てている姿は、すごく凛としていて、見ているだけでも心が引き締まるというのに、足が痺れたといって大声をあげ、畳のうえで大きく足をばたつかせて、何度も寿の手を止めさせた。

やっとお茶を飲むところまで漕《こ》ぎ着けても、調子にのって椀《わん》を何度もぐるぐると回し続け。

飲んだ段階では、お茶の苦さに堪《こら》えきれず、鼻をつまんで一気に飲み干《ほ》したはいいが、思いっきり顔をしかめていた。

ここまでやられると、まるでコメディ映画でも観ているようで、春香は悪いと思いつつ何度も笑ってしまった。

それでも、今度は亭主役をやるというアンに、寿が若先生らしく丁寧に、何度も同じことを繰り返しながら、根気《こんき》よく指導し。

脇から鈴鹿と高橋が上手にフォローして、なんとか一人で煎茶を点てるところまで辿り着いたときは、子供の成長を見届けた気分になった。

まぁ、そんなこんなで略式の茶会にしてはかなり時間もかかり、大変だったのではあるが。

終わりよければそれでよし、というところだった。

それに。

「すごかったですね。若先生は、とても上手で私感激しましたです。お茶は苦くて変な味しましたが、お菓子はすごく気に入りました。でも、たくさん食べるの駄目で、それは残念ですね。でも、でも、またやりたいです」

茶会を終え、もといた部屋に再び戻ってきたアンが、まだ少し痺《しび》れの残っている足にときどき顔を顰《しか》めながらも、興奮したように感想を話すのを聞いていると、やった甲斐《かい》があったなと嬉しくなってくる。

「お茶も最初は苦いと思うけど、慣れたら美味しくなるよ」

春香は、自分もそうだったからと、笑って付け加えた。

「では、国に買って帰ります」

「そうか。アンは、もうすぐ国に帰ってしまうんだよな」

鈴鹿が今気づいたように言うと、

「せっかく親しくなれたのに、残念です」

「アンの国って、どこだっけ？」

寿と高橋が、それぞれ違った反応を示す。

「R国です」

R国？

それは、春香も初耳だった。

R国とは、ヨーロッパにある小さな国である。

ガラス細工が有名だということを何かの本で読んだ記憶があったが、それ以外のことはよくわからない。

「みなさんも、今度R国に遊びにきてくださいです。私、喜びます」

アンに誘われて、まだ見たことのない国へと思いを馳《は》せていると、

「春香さんは、そのうち必ず僕がお連れしますよ。僕の祖母の生まれた国を、春香さんにもぜひ一度見ていただきたいですから」

それまで傍観者を決めこんでいた司が、さらりとそんなことを告げてきて、驚いた春香は瞳を大きく見開いていた。

「祖母の生まれた国って、それ司のお祖母さんがR国の人だったってこと!?」

たまたまその国で出産することになった、とかじゃなくて？

初めて知った事実に、春香はただただ驚くばかりで。

「そうです。祖父の鷹尚《たかなお》が、旅行中に祖母を見初《みそ》め、日本に花嫁として連れ帰ってきたのです。アンはその祖母の生家からのお客様なのですよ」

詳しい説明をしてくれる司の口元から、さっきまでの笑みが消えていることには気づいていなかった。

「じゃあ、アンと司は親戚ってことになるのか？」

真っ先に春香の頭に浮かんだのは、このことだったが。

「道前寺、お前クオーターだったのか」

鈴鹿は、春香が思いもつかなかったことを、言う。

「え!?　あ、そうか。お祖母さんが外国人なんだもんな。クオーターってことになるのか」

そういわれれば、司は日本人離れした顔立ちをしているし、外国の血が混じっていると思えば、それも納得できる。

春香が、まじまじと司の顔を見つめ、これがクオーターの顔かなのかと思っていると。

「春香さんも、知らなかったんですか？」

寿が遠慮がちに訊いてきた。

そして、春香がそれに素直に頷《うなず》くと、寿達はちょっと変な顔をして、揃って司へと視線を向ける。

何だか、妙な感じだった。

司はそれには別に何の反応も示さなかったが、代わりに「もう時間だから」と、そろそろここから引き上げることを、切り出してくる。

夕食は道前寺家で摂ると、出掛けにそう告げてきてあるというのだ。

時刻的には、もう七時を過ぎているので、それが本当なら急がなければならなかった。

アンはそれでもまだ帰りたくないと、ごねていたが、司が聞き入れないことを知ると、諦めたのかおとなしくなった。

春香が、あと少しだけと交渉してみるが、結果は同じ。

司は一度こうと決めたら、その気を変えることはないのだ。

アンは、できたての三人の友人達と別れを惜しんだあと、先に腰を上げた司に従って、ゆっくりとその場に立ち上がっていた。

司が不機嫌になっていることは何となくわかったが、理由がわからない以上どう対応することもできない。

だから、春香も仕方なく一緒に引き上げるつもりで、続いて腰をあげかけたが、司はそれを手で制すると、

「みなさんには、今日アンに付き合っていただいたお礼に、夕食をご馳走《ちそう》させていただきますので。そのままここでおくつろぎください」

そう言って、アンだけを促して退出していく。

申し出を辞退する、暇《いとま》も与えず。

「サヨナラ。今日はありがとう」

アンの別れの挨拶の言葉だけが、その場に残された。

いつもなら、絶対一緒に連れて帰るくせに。

どうして、置いて帰ったりするんだろう。

やっぱり、俺に怒ってるんだろうか……。

春香は、戸惑いの表情を浮かべたまま、遠ざかっていく足音を耳で追いかける。

強引に連れ帰られると、いつも怒っているくせに、いざこうやってすんなりと先に帰られてしまうと、なんだかすごく落ち着かなかった。

アンを連れた司に背を向けられた瞬間から、胸の奥に痛みを感じ、もやもやしたものが広がっていた。

さっきまでは、何ともなかったはずなのに、どうして突然こんなふうになってしまったんだろう。

「アンさん、本当に春香さんにそっくりでしたね。カツラとカラーコンタクトのせいで余計にそう見えたのかもしれませんが、まるで双子のようでしたよ」

「ああ。俺も、最初見たときは、なんで春香が二人いるんだろうって、自分の目を疑ったくらいだもんな」

「そうそう。わかる、わかる。俺だってさっき、春香はここにいるってわかってるのに、道前寺がアンを連れて出ていったとき、春香に置いていかれたような気がしたからな」

黙ってしまった春香を気にしてか、寿達がことさら明るい声で、話しかけてくる。

アンの話をふれば、春香ものってくると思っていたのだろう。

だけど、アンと似ていると言われれば言われるほど、春香の胸の奥のもやもやは大きくなり、息苦しくなっていった。

それに慌てたのは、下僕達である。

「春香さん、大丈夫ですか？　少し顔色が悪いですよ」

「疲れてるなら、少し横になったほうがいいぞ」

「それとも、このまま家に帰るか？　帰るなら、俺達が家まで送っていくぜ」

口早に声をかけ、三人は春香の反応を待った。

「だ、大丈夫だって。アンのパワーにちょっと疲れただけだよ。せっかくのタダメシ食べて帰らないともったいないだろ」

春香は、努《つと》めて明るい声を振り絞り、無理矢理笑顔を浮かべてみせる。

春香は大切な友人を心配させまいと一生懸命だったのだが、下僕達にはその笑顔の下の表情が読めてしまい、悲痛な気持ちになった。

そして、春香にこんな顔をさせる司のことが、ますます嫌いになっていた。

友人達をのせたタクシーが、視界から消えていくのを見送って、春香ははーっと大きなため息を漏らす。

「みんなには悪いことしたよな。俺が途中で気分が悪くなったせいで、あんな豪華《ごうか》な料理ほとんど手を付けないで帰ることになってしまって……。迷惑かけたくなかったのに、俺ってホント駄目だよなぁ」

みんなに心配をかけまいと、平気なフリを装《よそお》って、あのあと運ばれてきた料理にも、頑張って手をつけていた春香だったが、途中で胸がムカムカしてきて食べられなくなってしまい、結局食事を中断して家に帰ることになってしまった。

寿達はそんな春香を心配して、みんなでわざわざ家まで送ってきてくれたのだ。

タクシーで移動している間に、だいぶ気分はよくなっていたが、みんなに迷惑をかけてしまったことで、春香はちょっと落ちこんでいた。

「やっぱり、おろしたての靴で歩き回ったり、パワフルなアンに付き合ってたせいで、疲れたのかもしれない。休みに入って、ごろごろしてたから体力も落ちてるのかもな」

もう少し身体を鍛《きた》えないと、と、春香は独り言を呟きながら、裏手にある勝手口にまわり、扉の鍵を開けてこっそり中へと入っていく。

すると。

「お帰りなさいまし、春香ぼっちゃま。随分《ずいぶん》遅いお帰りですね」

血の底から聞こえてくるような声を響かせて、家政婦の茂子《しげこ》が、薄暗闇の中からすーっと音もなく現われた。

「うわぁっ。だから、そーゆー出迎えはやめてくれって、何度も言ってるだろ茂子さん」

春香は、驚きのあまりバクバクいっている胸を押さえ、まるで忍者のような茂子に抗議する。

「何をそんなに驚いてらっしゃるんですか。何か、後ろめたいことでもおありになるんですか？」

あんたに怯えてるだけだよ！

これで驚かない人間がいたら、お目にかかりたいもんだ。

なんて、思っていることをそのままぶつけられれば、すーっと気も晴れるだろうが、そんなことをしたらとんでもない呪いをかけられそうで、とてもできない。

春香は、喉元まで出かかった言葉をぐっと飲みこむと、「別に」と素っ気なく答え、茂子から早く離れようと足を速めていた。

しかし。

「お華のお稽古をさぼられたことで、大奥様はかなりご立腹のご様子でしたよ。来年には婚姻が控えているというのに、こんなことでは恥ずかしくて、とても道前寺《どうぜんじ》家に嫁に出すことはできないと、嘆《なげ》いておられました」

背後から追ってきた、そんな恐ろしい台詞に、春香の足は止まってしまう。

希美香《きみか》が怒っているというだけでも、充分恐ろしいことだったが、来年婚姻うんぬんというところが、さらにもっと恐ろしかった。

「お祖母様、本気で俺を来年結婚させるつもりなのかな……？」

振り返りざま、恐る恐る問いかけてみると、

「そのようでございますね」

茂子が、能面《のうめん》のような無表情で、さらりと肯定してくる。

ああ。訊《き》かなきゃよかった。

茂子に肯定されると、それが決定事項になったような気がして、結婚の二文字が重く上からのしかかってくる。

そんな春香に追い打ちをかけるように、

「大奥様に心労を与えるようなことだけは、くれぐれもなさいませんよう。重々心におとめおきくださいませね」

茂子がきつく釘をさしてきた。

希美香さえ護れればそれでいいという、茂子の態度はいつも一貫して変わらない。

「……俺の自由は、いったいいつになったらもどってくるんだ」

ぼそりと呟いた春香の台詞にもそ知らぬ顔で、茂子は廊下の角を曲がり、すーっと奥へと消えていった。

「なんか、今のでますます疲れた気がする……」

春香は、はーっとため息を吐いて、とぼとぼと自室へと向かっていく。

染香《そめか》には、浅草で寿達に電話をかけたついでに、黙って出てきたことへの謝罪と、少し帰りが遅くなるかもしれないということだけは、電話で伝えてあったので、帰宅の報告は茂子に任せてもいいかと、そのままベッドへ直行することを心に決めていた。

しかし、辿り着いた自室の扉を開けて、一歩足を踏み入れたところで、春香は突然後ろから掌で口を塞《ふさ》がれ、ぎょっとなる。

「んっ……んーっ」

春香は、ジタバタと暴れて逃れようとするが、それも叶わぬままにずるずると部屋の中へと連れこまれてしまった。

6　縛りたくなる恋の罠

もう、いったいなんだっていうんだ!?

春香《はるか》が、ムッとしていてると、ようやく口を塞《ふさ》いでいた手が離され、両手でぎゅっと抱き締められる。

首を捻《ひね》れば相手を確かめることは可能だったが、春香にはそんなことする必要がなかった。

「司《つかさ》っ。お前、何のつもりだ!?　強盗ごっこでもするつもりか」

自由になった口を使って、噛みつくようにして文句を言う春香に、

「よく俺だとわかったな」

司は、そんなとぼけたことを言って、くくっと愉しそうに笑う。

「この家で、こんなことを仕掛けてくるのはお前くらいなものだ。さっき、別れたばかりなのに、何でまたきてんだよ」

春香は、さっきのことを思い出し、つっけんどんに言い放った。

「それは、春香にまた逢いたくなったからに決まってるだろ。春香も、愛があるから俺のことがわかったんだって、はっきりそう言ってくれてもいいんだぞ」

「バッ……そんなこと言うわけないだろ」

かーっと頬《ほお》が、熱くなる。

どうしてこいつは、こう恥ずかしいことばかり言ってくるんだ。

真っ赤になった春香は、このキザ男から離れなければと、身体を戒《いまし》めている腕に攻撃を開始することにした。

だけど、腕のほうへと視線を走らせた瞬間手が止まる。

「あれ？　これって……」

「お前、気づくの遅すぎ」

司はその台詞とともに、春香を腕の中から解放すると、慌てて身体を反転させてきた春香に、にやりと笑ってみせた。

「どうしたんだ？　いきなり着物なんか着て」

春香は、司の和服姿にきょとんと瞳を丸くする。

深森《みもり》家を訪れるときは、希美香《きみか》好みの上品なスーツを着てくることが常の司なのに、本当に珍しいことがあるものだった。

「変か？」

「別に変じゃないけど。珍しいからさ……」

「久しぶりに茶会にも出たことだし、たまにはこういう格好をするのも悪くないと思ってな」

茶会という単語に、春香はぴくっと反応する。

そういえば、今日は寿《ことぶき》ばかりか、珍しく鈴鹿《すずか》や高橋《たかはし》までもが和服を着ていて、三人揃っている姿はとても圧巻だった。

「お前、寿達がみんな着物着てたんで、自分も着てみたくなったんだろ」

「ああ、そうだ」

返ってくる答えも、珍しく素直だ。

「そうだよな。俺も、あのとき着物持ってくればよかったたって思ってたんだ。男物の着物なんて家では滅多《めった》に着れないけど、たまに着ると、こう心までぴしっとなる感じでいいんだよな」

春香は、司も同じ気持ちを共有していたんだと、嬉しくなっていたのだが。

「ああいう場では、視覚効果が高まるのだということを、あいつらが身をもって見事に証明してくれたからな。今度は、着る人間がよければ、より一層《いっそう》効果が高まるということを俺が証明してやろうと思って」

居丈高《いたけだか》に言い放つ司に、くらりと目眩《めまい》がする。

気持ちを共有なんて、とてもできるはずがなかった。

確かに、司の和服姿はカッコよかったし、様《さま》にもなっているが、それは自分で主張することではないと思う。

「そういうのを自意識過剰っていうんだ」

春香は、わざと呆《あき》れたように言う。

「それは、あの下僕どものほうだろう。いったい誰のための茶会だったんだか」

ふん、と馬鹿にしたように笑う司に、カチンときた。

寿達は、一生懸命アンのためにやってくれたのに、それをこんなふうに言われるのは我慢ならなかった。

「はぁ!? アンのために決まってるだろ。下僕とか、そーいうこと言って、俺の大事な友人達を侮辱《ぶじょく》するのはよせよ。あいつらのどこが、自意識過剰なんだ」

春香は、イラつき任せに怒鳴《どな》って、司のことを睨《にら》みつけた。

すると。

「あれがお前に一番効果的だと思っているあたり、自意識過剰だろう?」

司は、さらにわけのわからないことを言って、春香をますますイラつかせる。

「何が言いたいのか、さっぱりわかんないよ」

もっとわかるように言ってくれと、訴える春香に、

「あいつらとの食事は楽しかったか? ああ。大好きな友人達とゆっくりできたんだから、楽しくないわけはないか」

そう言って、司は皮肉《ひにく》げな笑みを浮かべてみせた。

「お前、俺につっかかりにきたのか!? ごちゃごちゃ変なことばっかり言って。みんなとの食事がたのしくないわけないだろ。お前もあそこで食事したかったんなら、あのとき帰らなきゃよかったじゃないか。なんか怒ってるんなら、はっきり言えよ」

司が、わけのわからないことを言ってつっかかってくるのは、何も今回に限ったことでもないのに、このときの春香は無性《むしょう》に腹が立っていた。

アンと二人で目の前から去っていった司の後ろ姿が、頭の中でリピートする。

「理由は、お前の胸にきけよ」

「俺の胸?」

春香は、怪訝《けげん》そうに自分の胸を押さえた。

この胸のもやもやが何か関係あるのか？

「お前は、あまり俺に関心がないらしいから、わからないかもな。俺が今どうしてここにいるのかも、どーせわかってないんだろ」

司のことに関心がない？

「…………」

どういう意味にとらえればいいのかわからず、春香は考えこんでしまい、すぐには言葉を返せなかった。

すると、それを肯定の意味にとったらしい司は、不機嫌そのものの顔で、春香をベッドのほうへと突き飛ばしてきた。

「な、何するんだっ!?」

上半身をベッドに倒れこませた格好で、春香は抗議《こうぎ》の声をあげる。

「何するかって？　そりゃあ、決まってるだろ」

この状況で、司が何をする気かといえば、一つしか考えられなかった。

「お前の目的は、結局それかよ」

春香は、語気《ごき》強く言い放ち、間合いを詰めてきた司の身体を押し退《の》けるようにして、逃げだそうとした。

だけど、司にすぐに捕まって、今度は床へと押し倒されてしまう。

「……イタッ」

背中を強《したた》かに打ちつけた痛みに、春香は顔を顰《しか》めるが、司はそんなことにはおかまいなしに、上から体重をかけてくる。

「愛し合ってる恋人同士なら、して当然の行為だろ。それとも、俺達はそうじゃないとでもいうのか?」

訊いてはいるものの、司の声には否定を許さない響きがあった。

向けられてきた視線は、まるで射るように鋭く、春香は思わずびくっと身体を強《こわ》ばらせた。

「いいか? お前のすべては俺のものだ。この瞳も、鼻も、口も、たとえそれが髪の毛一本だとしても他の奴にくれてやるつもりはない」

司は、細長い指で春香の顔に触れながら、恐いほどの独占欲を示してくる。

こんなふうに言われるのは嫌なはずなのに、なぜか胸の鼓動はどんどん激しくなっていき、春香は司と視線を合わせているのが息苦しくなっていた。

だから、顔を背《そむ》けて司の視線から逃れようとするが。

「絶対、誰にも渡さない」

司はぐいっと顎《あご》を掴んで、無理矢理《むりやり》に唇を奪ってくる。

僅《わず》かな抵抗も、する暇はなかった。

すぐに口腔に侵入してきた司の熱い舌が、想いを伝えるように激しく絡んできて、春香は閉じた瞼《まぶた》を震わせる。

「んっ……っ…ん」

絡めた舌を擦《こす》るように動かされると、春香の唇から鼻にかかった声が漏れた。

やばい。

ここで流されたら、いつものパターンの繰り返しだ。

心の中ではそんな焦りが生じていた春香だったが。

春香の弱いところを知り尽くしている司は、何の苦もなく感じるポイントを捜しあて、重点的に責め立ててくる。

すると、甘い痺《しび》れが走り、身体の奥が熱をもったように熱くなっていた。

その熱は、すぐに全身へと広がっていく。

「…ふ………っ…ん」

司からもたらされる快感と、内側から沸き起こる熱に、春香の身体はどろどろに溶けてしまいそうだった。

いや。脳味噌は、もう本当に溶け始めているのかもしれない。

頭の中に霞《かすみ》がかかり、ぼーっとなっていく。

そして、ぼーっとなっている間に、春香は着ていたセーターを胸元まで捲《まく》りあげられてしまっていた。

「あっ…やめ…っ」

胸の突起への愛撫で、ようやくふわふわ漂っていた意識を呼び戻した春香は、慌てて捲りあげられたセーターを下ろそうとするが、

「おとなしくしていられないんなら、縛ってもいいんだぞ」

司の恐ろしい一言に、ぴたっと動きを止める。

今、縛るって言ったよな?

まさか。

「じ、冗談だろ?」

「生憎《あいにく》。今は、冗談を言う気分じゃない」

引きつった顔で訊《たず》ねた春香を、一瞬で凍りつかせた司は、着物の袂《たもと》から細長い朱色の紐《ひも》を取り出して、目の前にちらつかせた。

「なんで、そんなもん持ってんだよ。まさか、最初からそのつもりで……!?」

違うと思いたいが、司なら充分に考えられる。

「あんまりマンネリだと、春香に飽きられるからな」

やっぱり、そのつもりだったんじゃないか!!

「俺は、そんなの絶対嫌だからな」

春香は、ぶんぶんと激しく首を振り、語気荒く訴えた。

縛りなんて、完全なＳＭである。

想像しただけで、眉間《みけん》に皺《しわ》が寄ってくる。

司は以前から、やれ『悪代官と町娘ごっこ』だとか、やれ『パパとママごっこ』だとかと、そういうイメクラ的な変態ごっこをやりたがる傾向にあったが、今度ばかりは春香も絶対に付き合うつもりはなかった。

「俺が、嫌だと言われてやめるとでも思ってるのか？」

「思ってる。思ってるから、やめてくれ」

春香は、必死に訴える。

なのに、司はそんな訴えなど聞こえないフリで、

「白い肌にこの朱色の紐は、きっとよく映えるぞ」

なんて悪趣味丸出しの台詞を口にしながら、朱色の紐で春香の胸の上を撫でてきた。

「やめろ、この変態悪魔」

春香は、じたばたと身動《みじろ》ぎ、なんとかこの悪魔から逃れようと躍起《やっき》になる。

しかし、力の差は歴然で、司は難なく春香の抵抗を封じてきた。

それでも春香は、

「……本当に縛ってきたりしたら、俺ここで舌噛み切って死んでやるからな。そうなったら絶対お前の枕元に化けてでてきてやる」

最後まで強気の台詞を口にする。

すると、その威《おど》しまがいの台詞がきいたのか。

「春香に死なれたら困るからな、今回は譲歩してやるよ。それでいいだろ？」

司が仕方なさそうに、そう告げてきた。

「いい。それでいい」

これで、変態プレイからは免《まぬが》れられる。

春香は本気でほっとして喜んでいたのだが、司がそんな甘い男であるはずがなかった。

「えっ？　ちょっ、何するんだよっ。司、おいってば」

いきなり身体を俯《うつぶ》せの状態に裏返されて、春香は驚きの声をあげる。

いったい何をする気だと思っていると、司は春香の両手首を一つに纏《まと》めて、例の紐で縛ってきた。

「お前、今やめてくれるって、言ったばっかりじゃないか。なんで、こんなことするんだよ」

「俺はやめてやるなんて一言も言ってないぞ。譲歩してやるって言ったんだ。お前もそれでいいって言ったじゃないか。だから、こうして腕だけで我慢してやってるだろ」

しれっと答えてくる司に、春香は悔《くや》しげに唇を噛む。

くそぉ。

なんで、あんなのに引っかかったんだ。

春香は、司の台詞の裏を読めなかったことを激しく後悔するが、どのみちあとの祭りだった。

「司…それ嫌だって……も…やめろってば…あっ…あぁっ」

これでもう何度目かになる懇願《こんがん》の台詞を口にしながら、春香はぴくぴくと身体を震わせる。

ベッドの上に胸をつく形で上半身だけを預け、ベッドからはみ出した剥《む》き出しの下半身を司に捉《とら》われている春香は、双丘の奥のあらぬ場所を執拗《しつよう》に舐めてくる司の舌に、さっきから啼《な》かされ続けているのだ。

もう、いいって言ってるのに。

わざと、ぺちゃぺちゃ音を響かせやがって。

耳を塞《ふさ》ごうにも、両手は縛られて使えないし。

なんでこいつは、こうも意地が悪いんだ。

春香は、シーツに熱い息を零《こぼ》しながら、心の中で散々悪態を吐《つ》きまくる。

この行為自体は初めてではなかったが、何度経験しても、苦手なことにはかわりなかった。

「ヤだ……あっ……ん……あぁっ」

両腕を後ろ手に拘束されている春香は自由もきかず、強《し》いられた体勢からも逃れることは叶わない。

両腕が自由だったら、今すぐ司のスケベ顔をぶんなぐってやれるのに。

春香は、この行為が早く終わってくれることを祈りながら、じっと堪《た》えていた。

するると今度は、舐めて解《ほぐ》した入り口をこじ開けるようにして、司の指が突き挿《い》れられてきて、内壁の感触を確かめるかのように動き始める。

「んっ……ふ…っ」

最初は違和感を感じるが、指での愛撫に身体の奥が熱くなってくると、だんだんそんなことも感じなくなっていた。

「気持ちいいんだろ？　だけど、一本じゃ足りないよな。春香は、欲張りだもんな」

司は、言葉でも春香のことを煽《あお》ってくる。

「…そ…なわけない…だろ………っ」

春香は、喘《あえ》ぎに変わってしまわぬように、必死で言葉を口にした。

「でも、ここは欲しがってるぞ」

「あぁっ」

二本目の指が、ずぶりと中に入ってきて、春香は背中がぴくんとなる。

そして二本の指は、簡単に探り当てた春香の一番悦《い》い場所を、何度も擦りあげるようにして刺激してきた。

「そこっ……あっ…」

ぐりぐりっと強い刺激を与えられ、春香は全身に快感の波が広がっていく。

その強烈な刺激はダイレクトに、春香の股間のモノへと伝わり、そこへ愛撫の手を伸ばされると、もう堪らなかった。

春香は、司の巧みな指使いにより、どんどん高処《たかみ》へと追い上げられていく。

「お前、両方同時に攻められるの、ホントに好きだな。自分でやるときも、一緒に弄《いじ》ってるんじゃないか？」

バカ言うな。

自分でそんなとこ弄ったりするわけないだろ。

そう怒鳴ってやりたかったが、心の中で文句を言うのが精一杯。

「……あっ……あぁっ……んっ」

司の指は春香から快感を引き出すために動き、春香はそれに酔い痴《し》れていた。

そして。

頂上まで上り詰めた春香は、まだ内に司の指を含んだまま、「んんっ」と短く呻《うめ》いて己れの快楽の証を放っていた。

ぐったりとなった春香の身体を、司が仰向《あおむ》けにベッドに寝かせてくる。

今度は上半身だけではなく、ちゃんと全身がはみ出すことなく綺麗にベッドの中に納まっていた。

「これ……まだこのままなのか？」

春香は、当然のごとく両足を抱えあげてくる司に、待ったをかけるように声をかける。

これ、とは背中に敷きこんでいる拘束された両腕のことだ。

「もう、いいだろ？　解いてくれよ」

床の上よりはましだったが、ベッドの上でも、自分の体重がかかる分やっぱり苦痛だった。

「あとちょっと我慢しろよ。これからが本番なんだから」

司は、やはりこのまま続行する気のようで、もう一度春香の足を抱えなおすと、自分を迎え入れるための入り口へ自身の昂《たか》ぶりを押しあててきた。

「まぁ、でも。春香が、自分で俺のを挿れてみせるっていうなら、今すぐ解いてやってもいいぜ」

自分で司のを挿れる？

それって、その今まさに臨戦状態にある司のモノを、自分で中に迎えいれろってこと？

冗談だろ。

そんなの絶対、できっこない。

「い、いい。遠慮する」

春香は、ぷるぷると首を振り、司がまた変な気をおこさないように、心の中で祈ってい
た。

意地の悪い悪魔は、春香の嫌がることを好んでしたがる悪い癖があるのだ。

「遠慮するなよ。そろそろ春香にも、それぐらいは覚えてもらわないとと思ってたところ
だし、ちょうどいい機会だ。やってもらおう」

げっ。案の定だ。

「いやだ。そんなことするくらいだったら、このままのほうがいい。このままさっさと突
っこめばいいだろ」

春香は、身も蓋《ふた》もないことを口早に言い放つ。

すると司は、ニヤリとスケベな笑みを浮かべ、

「それは随分積極的なお誘いだな。そうか、春香はそんなに早く俺のを突っこんでほしか
ったのか。気づいてやれなくて悪かったたな」

そう言うと同時に、ぐっと自身の先端を潜りこませてきた。

そして、一拍の間を置いて、一気に最奥まで強引に突きこんでくる。

「ツア…！」

頭の天辺《てっぺん》まで、痛みが駆け抜け、春香は身体を一瞬硬直させた。

まさか本当に一気に最奥まで穿《うが》たれるなんて思っていなかっただけに、その衝撃はけっこう大きかった。

「も……もう少し…そっとやれよ」

あんなこと言ったからって、本当にやることないじゃないか。

司のバカヤロー。

瞳に涙を滲《にじ》ませながら、春香は手加減という言葉を知らないらしい司を、思いきり睨みつける。

だけど、それは完全な逆効果だった。

涙目で睨む春香なんて、司を喜ばせるアイテムでしかなく。

もっと苛《いじ》めて泣かせてやりたいという、鬼畜《きちく》心を刺激された司の口元には、悪魔の笑みが浮かんでいた。

「俺は、リクエストに応えたつもりだったんだが。気に入らないなら、もう一度挿れるとこからやりなおしてやるよ」

司は親切めかしてそう言うと、春香の最奥で脈打っている昂ぶったモノを、ゆっくりと引き抜いていく。

「あっ。抜くな」

春香は、慌てて叫んでいた。

あんな苦痛を堪えてすべてを受け入れたのに、もう一度あれを繰り返されるなんて、絶対にごめんだった。

だから司が途中で引き抜くのをやめてくれたことに、春香は単純にほっとしていたのだが。

だけどこれも、司の甘い罠だった。

「今度は、抜くな、か。よほど俺のやりかたでは不満があるらしいな。だったら、お前が自分でやるのが一番だろう」

えっ!?

自分でやる!?

春香がその言葉の意味を考えている間に、司の昂ぶったモノが再び最奥まで突き挿れられ、そのまま上半身を引き起こされた。

「う……あぁぁっ」

堪えきれない悲鳴がこぼれる。

さっきより増した圧迫感と苦痛に、一瞬頭が真っ白になっていた。

だけど、身体の奥で熱く脈打っているモノの存在が、すぐに春香を正気づかせる。

最悪なことに、春香は今、司と繋がったまま、向き合う形で膝の上に乗り上げているのだ。

「大丈夫か？」

「だ……大丈夫なわけないだろ」

春香は、すました顔で訊《き》いてくる司を殴ってやりたい衝動にかられるが、両腕が拘束されたままではそれも叶わず、ギッと司を睨みつける。

「でも、これで動きやすくなったじゃないか」

「は!?」

意味がわからず、春香が怪訝な声を出すと、

「これだと、春香が自分で好きなように動けるだろ」

そう言って司は、下から腰を緩《ゆる》く揺すりあげてきた。

「…あっ……」

痛みと痺《しび》れるような感覚が同時に襲ってきて、春香は短く声を漏らす。

そんな春香に司は人の悪い笑みを浮かべて見せると、ペチペチと尻を叩きながら、

「ほら、自分で動いてみろよ」

簡単にそう促してきた。

自分で動くって、そういうことか。

ようやく、司が何を命じているのか気づいた春香は、顔を強《こわ》ばらせる。

「……嫌だ。そんなのできない」

絶対無理だと訴える春香に、

「ああ。このままじゃ、初心者の春香には無理か」

司は納得したように頷いて、両手首を縛っていた紐を解きにかかった。

よかった。

諦《あきら》めてくれたんだ。

司の言動を勝手に解釈して喜んでいた春香だったが、すぐに自分の甘さを思い知ることになる。

確かに、拘束されていた両腕は解放されて、自由になりはしたのだが。

「こうやって俺に捕まれば、動きやすいはずだ」

にっこり笑って、自由を得たばかりの春香の両手を自分の肩へと導いていく司に、さらに追い詰められていた。

司はあくまでも、春香に自分で動けと言っているのだ。

このまま司を押し退《の》けて逃げてしまいたかったが、下から楔《くさび》のように司のモノが春香の身体を繋ぎとめていて、そう容易《たやす》くはいかない。

「だから、嫌だって言ってるだろ」

春香は、司の肩をポカポカと殴りながら、強く訴えた。

もともと司とこういうことをしていること自体にまだ抵抗があるというのに、自分で動くなんて、とんでもなかった。

理由はそう、恥ずかしいからだ。

「どうしても嫌か？」

「嫌だ」

「じゃあ、気が変わるように協力してやろう」

「え？……あっ…よせって」

慌てて制止の声をかけてみたが間に合わない。

次の瞬間には、まるで人質にとられるように、春香のモノは、司の手の中にぎゅっと握りこまれてしまっていた。

そして、そのまま上下に強弱をつけて擦りあげてくる司に、春香は身体が再び熱くなっていくのを感じる。

「ヤだ……あっ……あ…」

先走りの雫《しずく》が零れだした先端を指でぐりぐりと弄られ、春香は白い喉を逸《そ》らしながら、快感に喘いだ。

「……ん……あぁっ……」

さっき一度司の手で達《い》かされたばかりだというのに、次々と与えられる刺激に、容易く高処へと追い立てられる。

しかし。

あとは、解放を待つだけというギリギリのところで、司は春香のぱんぱんに張り詰めたモノの根元を、例の紐で縛《いまし》め、我慢を強いてきた。

春香は、縛めを解こうと焦って股間へ手を伸ばすが、司の手に阻《はば》まれなかなか目的は果たせない。

どうしよう。

このままじゃ、変になりそうだ。

「これ…ヤだ……取って……」

達きたくても達けないもどかしさに、春香は半泣きになりながら懇願するが、司から返ってきたのは、

「どうすれば達かせてもらえるか、わかってるだろ？」

という、容赦《ようしゃ》ない答えだった。

「でも……」

できないよと、何度も首を振って見せても無駄《むだ》なこと。

「俺は、このままでもかまわないぞ」

悪魔は春香の昂ぶったモノへの愛撫を再開しながら、そんな意地の悪いことを囁いてくる。

「あぁっ…あっ」

裏側の感じる部分を強く擦られ、駆け抜けていく快感に、春香はぴくぴくと足の爪先まで反《そ》り返っていた。

このままこの甘い責め苦を堪え続けるのは、最早《もはや》拷問に等しい。

「あっ……ヤっ…あぁっ……やる…やるから……」

春香の唇から、切羽《せっぱ》詰まった声が零れた。

もう、意地を張っていられる気力もなくなっていた。

「だったら、その言葉どおり頑張ってもらおうか」

満足気な笑みを浮かべる司に促され、春香は小さく深呼吸すると、ゆっくりと動き始める。

しかし。

「あ…っ……あぁっ」

司の肩に掴まりながら必死で抽挿《ちゅうそう》を繰り返すものの、ただ動くだけで精一杯の春香は、なかなか司を満足させることはできない。

「この調子じゃ、朝までかかりそうだな」

司は、春香の昂ぶったモノを縛めている紐の端をつんつんと引っ張りながら、やんわりとそう責めてきた。

たったそれだけのことでも強烈な刺激になってしまう春香は、

「ひやぁっ」

短く声をあげて、すがるように司の首にしがみつく。

「春香。どうした?」

「……も……駄目……でき…な……い」

これが春香の限界だった。

「できない、じゃないだろう。まだ途中じゃないか」

「……でも…できな……」

だだをこねる子供のように、何度も何度も首を振る春香に、司は黙ったまま何の答えも返そうとはしない。

「…司ぁ……動いて…お願い」

春香はとうとう、涙まで零しながら、司に哀願《あいがん》していた。

すると司は、

「そんなにお願いされたんじゃ、仕方がないな」

そう嬉しげに言って、激しい律動を開始してくる。

「は……あっ……あ……っ」

一番感じるところを司のモノで擦られ、春香はすぐに快感に酔い始めた。

もとより、司によって開かれた身体なのだ。

どこをどうすれば春香が一番悦楽を感じるのか、司はすべてを知っていた。

「司ぁ……も…達きた…い…あぁっ…達かせて……っ」

春香は、ねだるように甘えた声をだしながら、解放を願う。

「もう少し我慢できないか？」

「ヤだ……も…できな……」

もう、一分一秒でも我慢できなかった。

「わがままなお姫様だ」

司は緩やかな律動を繰り返しながら、春香のモノを縛めていた紐を解いていく。

そして、昂ぶったモノが自由を勝ち取った瞬間。

「あ…っ」

春香は勢いよく情欲の証を迸《ほとぼ》しらせていた。

しかし、当然それがゴールなわけはない。

司は、春香にあがった息を整える暇も与えず、だんだん律動のスピードをあげながら、自身を極みへと追い上げていく。

「ふ…っ……あぁっ…あっ」

何度も激しく最奥まで穿《うが》たれて、春香は白い喉を仰《の》け反《ぞ》らせた。

それと同時に、司自身にも限界が訪れ、短い呻《うめ》きとともに熱いモノが春香の中を満たしていく。

春香は、司にぎゅっとしがみついたまま、それから暫らく放心していた。

「春香。春香」

「……んぁ!?」

パチパチと頬を軽く叩かれて、春香は飛ばしてた意識を呼び戻される。

「俺、もう帰るから」

帰る？

まだぼんやりとしていた頭が、その言葉にようやくまともに働き始めた。

よく見ると、司は着物の乱れもなおし、すっかり帰り支度を整えている。

「……珍しいこともあるもんだな」

春香は、思わずそう口にしていた。

司がこんなにあっさりとエッチをきりあげるのも珍しかったし、夜にやってきて泊まっていかないのも珍しかったからだ。

「帰ってほしくないのか？」

からかうように訊いてくる司に、

「バ、馬鹿言うな。そんなわけないだろ」

春香は、真っ赤になった顔を隠すように、布団《ふとん》の中へと潜りこむ。

動揺しているのは、別に図星をさされたからではないはずだった。

「帰るなら、さっさと帰れ」

「随分つれないことを言うんだな。さっきまで、あんなに可愛かったのに」

クソォ。

どうしてこいつは、こんな恥ずかしいことばっかり言うんだ。

布団の中で耳を押さえながら、春香はデリカシーのない恋人に、頭の中で悪態《あくたい》を吐《つ》く。

そして。こうなったら司が帰るまで、このままでいてやると思っていたのだが。

「また暫らくこれないんだから、ちゃんと顔見せろよ」

司のこの一言で、春香は頭まで被っていた布団をがばっと跳ね除《の》けていた。

もちろん、顔を見せろと言われたからではない。

「暫らくこれないって……じゃあ、明日は？」

「明日？　明日は、アンを『クリスタルランド』に連れていく約束になってる。開園と同時に中に入って一日中遊ぶんだと、アンが今からはりきってるからな、明日はかなりハードな一日になりそうだ」

さらりと答える司は、完全に明日が何の日なのか忘れてしまっているようだった。

それだけでも充分ショックだったのに、

「なんなら、春香も一緒に行くか？　春香も遊園地とか好きだっただろ？」

まるで付け足しのように誘われて、春香はカチンとくる。

「いい。俺も明日は用事があるから」

まるで怒鳴《どな》るように答えると、春香は再び布団を引き被っていた。

すると。

「だったらしょうがないな」

司は、あっさりと引き下がり、布団の上から春香の頭の辺りをポンポンと叩くと、「じゃあ、帰るぞ」と言い置いて、さっさと部屋から出ていってしまう。

春香は、扉の閉まる音を聞いたあと、速攻で布団から顔を出し、司の姿がどこにもないことを確かめて、ぎゅっと唇を噛み締めた。

時刻は、ちょうど十一時半。

あと三十分で、日付は二十八日に変わる。

二十八日は、春香の誕生日だった。

それなのに――――――。

「………なんで覚えてないんだよ。司の、馬鹿」

春香は、怒りに任せて枕を壁へと投げつける。

明日は、最悪の誕生日になりそうだった。

7 囚われの姫君

そして、翌朝。

春香《はるか》が、洗面所でぼーっと歯磨《みが》きをしていると、

「ハッピーバースディ、春香ちゃん。十七歳になった感想は？」

染香《そめか》が燥《はしや》ぎながら、マイク代わりに丸めた週刊誌を脇から突きつけてきた。

朝からハイテンションの染香は、レポーターにでもなったつもりでいるらしい。

だけど、春香はそれにのって応えてやる気にはなれなかった。

「……………別に」

ぼそりと素っ気なく答えて、口を濯《すす》ぎにかかる春香に、染香は「えーっ」と不満げな声をあげる。

「もう、誕生日だからって大騒ぎするような年令じゃないし。そんな特別な感想なんて、ないよ」

春香が面倒臭そうにそう付け足すと、

「あらあら、春香ちゃんったら、朝からご機嫌斜めなのね。どうしたの？　せっかくのお誕生日なのに」

染香は呑気《のんき》に突っこんできた。

「誕生日だからって、ご機嫌でいなきゃいけないっていう法律はないだろ。放っておいてほしいな」

これ以上突っこまれたくなくて、春香は口早に答えて、わざとばしゃばしゃと水しぶきを飛び散らせながら乱暴に顔を洗う。

司《つかさ》に誕生日を忘れられていることにムカついているなんて、口が裂けても言いたくなかった。

「やーねぇ、カリカリしちゃって。春香ちゃん、最近カルシウムが足りてないんじゃないの？　そんな乱暴な口をきく子には、このプレゼントも渡してあげないわよ」

足元に置いていた紙袋からプレゼント用にラッピングされた大きな箱を取り出し、春香の目の前にちらつかせてみせる染香は、それで春香の気を引いているつもりなのだろう。

だけど、その作戦はあまり効力がなかった。

「どーせまた、レースぴらぴらのワンピースとか、お揃いのアクセサリーとかだろ。そんなの全然嬉しくない」

去年までの染香からの誕生日プレゼントを思い浮かべ、春香は嫌そうに顔を顰《しか》めて、プレゼントの箱から視線を逸《そ》らす。

染香は、春香がどんなに嫌がろうとも、毎年懲《こ》りずに自分の趣味だけで選んだプレゼントを贈ってよこすのだ。

今年も、絶対そうに決まっていた。

「残念でした。これは、母様からのプレゼントじゃありませーん」

え？

「じゃあ、父さんかお祖母《ばあ》様？」

この家でプレゼントをくれる人間といえば、他に考えつかない。

「それもハズレ。誰からだと思う？」

ふふふ、と愉しげに笑ってみせる染香に、春香ははっとなった。

まさか、司!?

「母さん、もったいぶらずに教えてくれよ」

少しでも早く答えを知りたくて、春香は染香を急《せ》き立《た》てる。

しかし。

「春香ちゃんの大好きなお友達、寿《ことぶき》君、鈴鹿《すずか》君、高橋《たかはし》君。この三人から連名でのプレゼントよ。さっき、朝一で送られてきたの」

染香から返ってきた答えは、春香の期待したものとは違っていた。

「なんだ……」

司からじゃなかったのか………。

「あら、嬉しくないの？」

「そ、そんなことないよ。嬉しいに決まってるだろ」

春香は、染香からプレゼントの箱を奪い取ると、その場にしゃがみこんでラッピングを解《ほど》いていく。

すると、箱の中から出てきたのは、見覚えのあるグレーのシューズ。

「あっ。これ、シニタのシューズだ。うわーっ、寿達どうして俺がこれ欲しがってるってわかったんだろ」

「それはきっと、みんなと春香ちゃんの心が通じあってるからよ」

「そうか……」

春香は、じーんと感動しながら、箱の中から取り出した格好いいシューズをぎゅっと抱き締めた。

何も言わなくても、通じあえるなんて、自分達が真の友達だと証明されたような、そんな気がする。

それだけでも充分胸が熱くなっていた春香だが、プレゼントに添えられていたカードには、三人の友人達からそれぞれ手書きのお祝いメッセージが書かれていて、あまりの嬉しさに目元までが潤《うる》み始めた。

プレゼントうんぬんよりも、みんなの気持ちが心にしみる。

「みんな、俺の誕生日覚えててくれたんだな。昨日もそんな話題なんて、全然出なかったのに」

「大切な人のお誕生日は、みんな忘れないものよ。母様だって、家族やお友達のバースデイはちゃんと覚えてるもの」

染香の台詞に、春香はそれまでの感動を忘れて、さっと表情を硬くした。

だったら、完全に忘れてしまっている司は、なんなんだ。

俺のことを本当は大切だと思ってないから、そんな簡単に忘れてしまえたのか？

湧いてくる疑念に、胸の奥がもやもやしてくる。

いつもあんなにイベントごとには煩《うるさ》いくせに、春香の誕生日だけころっと忘れてしまうなんて。

それだけ関心がないと言われているようだった。

「まぁ。春香ちゃん、手首のとこどうしたの？」

「え？　あ、こ、これはなんでもないよ」

ふいの指摘に、春香はかーっと顔を赤くして、手首から覗く拘束の痕《あと》を隠すために、パジャマの袖《そで》を思いきり引っ張る。

こんな痕が朝になっても残っているなんて思ってもいなかったので、うっかりしてしまった。

「怪我《けが》してるんなら、ちゃんと手当てしないと駄目よ」

「大丈夫。ホントたいしたことないから。あ、俺着替えてこようっと……」

不審そうに向けられてくる染香の視線から逃《のが》れるように、春香は引きつった笑顔を浮かべながら、その場から退散していく。

これが何の痕なのか染香に知られでもしたら、羞恥心《しゅうちしん》に堪えかねて、息絶《いきた》えてしまうに違いなかった。

「あー、もうめちゃくちゃムカついてきた。なんで俺一人がいつもこんな恥ずかしい思いしなくちゃならないんだ。誕生日も忘れてるような薄情な男に、好き勝手に犯《や》られたあげく、こんな痕まで残されて。こんなの絶対わりにあわない」

自室に向かって足早に歩く春香の唇からは、次から次へと怒りの言葉が零《こぼ》れる。

自分一人が司に振り回されて、いいように扱われていることに、無性に腹が立って仕方なかった。

「……………クリスタルランドだって、今度二人で行こうって言ってたくせに」

なんで、アンと二人で行っちゃうんだよ。

それも、よりにもよって俺の誕生日に！

ついでみたいに誘われても、全然嬉しくなんかないんだよ。

司のバカヤローッ。

なんて、ごちゃごちゃと毒《どく》づいているうちに、春香は頭の中に楽しげにクリスタルランドで遊ぶ司とアンの姿が浮かんできて、辿り着いた自室の扉を、力いっぱい蹴りつけていた。

もう、司のことなんて、知るもんか。

アンと二人で、楽しく遊んでくればいい。

つい先刻《せんこく》まで、散々そう毒づいていた春香だったが――――。

「……なんで、俺電車になんか乗ってんだ？」

はっと気がつくと、またしても予想外の行動に出ていた。

進行方向には、クリスタルランドの最寄《もよ》り駅がある。

目的地がそこであることは、考えてみるまでもなかった。

「何やってんだろ、俺。今日は、自分の誕生日なんだぞ。何が嬉しくて、独《ひと》りでクリスタルランドなんか行かなきゃなんないんだ」

春香は、はーっと大きな溜《た》め息を吐いて、自嘲《じちょう》気味に呟く。

いくら遊園地が好きだといっても、独りでなんて虚《むな》しすぎた。

「駅に着いたら、寿達に電話してみようかな……」

心優しい友人達は、何か用事が入っていない限り、きっと速攻で駆けつけてきてくれるだろう。

だけど。

「あーっ。駄目《だめ》だ、駄目だ、駄目だ。昨日も迷惑かけたばっかりだし、こんなついでみたいに誘うなんて、寿達に対して失礼だ」

生真面目《きまじめ》な春香は、すぐに自分の甘えを打ち消していた。

そして、これからどうするべきかを思案しているうちに、電車は目的の駅のホームへと滑りこんでいく。

目の前の扉が開き、春香は一瞬迷ったが、

「せっかくここまできたんだし。こうなったら、ルナコースターだけでも乗って帰ろう」

そう決めて、ぴょんと電車から降《お》り立った。

クリスタルランドの目玉であるルナコースターは、月をイメージしたドームの中を走るジェットコースターで、前から一度乗ってみたいと思っていたのだ。

きっと春休みで園内は混雑しているだろうが、一つだけ乗るぐらいなら、並んだってそんなに大変ではないだろう。

春香は、できるだけ前向きに考えて、改札口までの階段を一気に駆け下りる。

クリスタルランドまでは、駅から歩いて十分ほどで、入口付近まで行くバスも出ているのだが、春香はそのまま徒歩で行くつもりだった。

これくらいの距離歩いたからといって、なんてことはない。

「えっと、右の道を真っすぐでよかったんだよな」

春香は、駅前に設置されている周辺地図に目を走らせ、独りうんうんと頷くと、目的の場所に向けて歩き始めた。

だけど、二、三分歩いたところで、春香は突然黒塗りの車に行く手を阻まれてしまう。

相手が故意にやっていることは、一目瞭然《いちもくりょうぜん》だった。

なんか、これってやばい気がする。

春香は、嫌な予感を感じてくるりと回れ右して逃げようとするが、即座に車から降りてきた男達にすぐに捕らえられ、焦《あせ》って助けを求めて叫ぼうとした口元に、強い薬品臭のするハンカチを押しあてられた。

「ん……っ…ん…っ」

吸いこむまいと思っても、鼻まで覆《おお》われていては、どうしようもない。

司……。

春香は、心の中で助けを求めながら、意識を手放していた。

そして――――。

目覚めたとき、春香は見知らぬ部屋のベッドに寝かされていた。

あれ？　ここってどこだっけ？

自分の部屋じゃないし……。

司のマンションでもないよなぁ。

すぐには状況把握《はあく》ができずに、ぼんやり考えていた春香だったが、意識が途切《とぎ》れる前に起こったことを思い出したとたん、焦りが生じた。

そうだ。

変な男達に、いきなり拉致《らち》されたんだった。

こんな悠長《ゆうちょう》に寝てる場合じゃないぞ。

春香は、慌《あわ》てて身を起こそうとするが、身体の自由がきかないことに愕然《がくぜん》となる。どうやら、身体を拘束されているらしかった。

そのうえ。

「ん……んんーっんーっ」

唇まで塞《ふさ》がれていているという、最悪の状態である。

いったい何が起こってるんだ？

まさか、これって誘拐なのか？

違うと思いたくても、否定する材料がみつからない。

どうすればいいんだと、春香は顔を引きつらせていた。

そんななか、少し離れた場所に控えていたらしい数人の男達が、春香が目覚めたことに気づいて、わらわらとベッドの傍《そば》に集まってくる。

様子をうかがうように、真っ先に覗きこんできた男の顔には、なんとなく見覚えがあった。

あのとき、春香を拉致した男のうちの一人なのだろう。

よく見ると、その男を含め、周りにいる男達は全員外国人のようで、営利誘拐の他の可能性まで見えてきて、さーっと血の気が引いていく。

「んんーっんーっんーっ」

何をされるかわからない恐怖に、春香は叫びにならない呻《うめ》き声をあげながら、ベッドのうえの身体を可能な限りばたばたと動かした。

だけど、それも結局は徒労《とろう》に終わる。

この状態では、どこにも逃げ場はないのだ。

「アンジェリーナ様。お辛《つら》いでしょうが、これ以上無茶《むちゃ》なことをされたら困りますので、暫《しば》らくそのままで我慢してください」

アンジェリーナ様？

耳慣れない名前に、春香は眉を顰《ひそ》める。

それが自分に呼びかけられている名前だとは、すぐには気づけなかった。

気づいたのは、他の男達が、早口のフランス語でその名を呼びながら、まくしたてるように春香に話しかけてきてからだ。

こうも全員から、『アンジェリーナ』と呼びかけられれば、それが自分を指した名前だと、わからないわけがない。

もしかして、俺ってその『アンジェリーナ』って人と間違われてるのか？

だったら、誤解を解けばいいだけじゃないかと、春香は少し安堵《あんど》するが。

「んんんんんーっ」

人違いであることを主張しようとしても、これでは伝わるはずがなかった。

クソォ。

なんで、人違いだってわかんないんだ？

別に女装してるわけでもないのに、女に間違えるなんて、あんまりじゃないか。

そんなに、そのアンジェリーナと俺って、間違って攫《さら》ってしまうくらい、そっくりなのか？

　なんて、春香がムカつきながら考えていると、自分とそっくりの顔をしたアンのことがぱっと頭に浮かんできた。

　まさか、アンがアンジェリーナ!?

　あまりにも短絡的すぎるかと思ってもみたが、そう考えると、納得できる。

　春香本人でさえ、鏡を見ているようだと感じたくらいなのだから、間違えられても不思議はなかった。

　アンのことは、アン・マーシェルという名前で紹介された覚えがあるが、愛称で通しているとも考えられた。

　しかし、もし仮にアンがアンジェリーナだったとしたら、この人間違《ひとまちが》いがなければ、今頃こうやって酷《ひど》い目にあっているのは、彼女だったということになる。

　アンが自分と同じ目にあっているところを想像して、春香は眉間《みけん》の皺《しわ》を深くした。

　女の子を強引に拉致して、こんな形で拘束して監禁《かんきん》するなんて、たとえ相手が知り合いだとしても、許されることじゃない。

　まさか、こいつらアンの知り合いというより、敵なのか？

　春香はそれを見極めるために、相手から情報を得ようと、男達の台詞に懸命に耳を傾けた。

だけど。

授業で習っているので、フランス語も少しはできる春香だったが、さすがにこう早口では、単語の端々《はしばし》を聞き取るぐらいが関《せき》の山で、そこから内容を推測することは難しい。

ただ、彼等がアンジェリーナに対して何か文句を言っていることだけは、なんとなくわかった。

もう少し、ゆっくり喋《しゃべ》ってくれればもっとわかるのに………。

春香が、イライラしながら心の中でそう呟いていると、男達も粗方《あらかた》言いたいことを言って気がすんだのか、だんだん喋るテンポが落ちてきて――――。

「とにかく、今日のパーティーだけは絶対に出席していただきます」

「それまでは、ここでおとなしくしていてください。ドレスの用意も、すべて整えてありますので、あとでこちらへ運ばせましょう」

そんな台詞が、ようやく耳に飛びこんできた。

この台詞だけで推測すると、少なくとも営利誘拐とか、危害を加えるために春香を（というか、アンジェリーナを）拉致してきたわけではないようだった。

だけど、そうと断定してしまうのは早すぎると、春香が続きの台詞を待っていると。

「では、エドワルド。あとを頼んだぞ」

男達はエドワルドと呼ばれた男一人を残し、部屋から出ていってしまう。

残ったエドワルドという名の男は、例の男だった。

エドワルドは、さっきまで居合わせていた男達の中では一番年若いようで、二十代半《なか》ばと思われるが、精悍《せいかん》な顔つきや、がたいのいい身体つきが、妙な迫力を醸《かも》し出している。

そんな彼が、無言でベッドの上へと乗り上げてくると、春香はびくっと身体を跳ねさせた。

拉致されたときの恐怖が、まだ残っているのかもしれない。

そんな春香の反応に、エドワルドは苦笑して見せると、

「そんなに怯えなくても、危害を加えるつもりはありませんよ」

そう言って、声の自由を奪っていた猿轡《さるぐつわ》を外してくれる。

だけど、当然そんな言葉が信じられるわけがなかった。

「……俺、アンジェリーナじゃありません。人違いです」

春香は、焦ったように真実を告げる。

事実を告げたからといって、すぐに解放されるとは思えなかったが、このまま誤解されたままではいられなかった。

なのに、エドワルドは驚くことも、表情を変えることもなく。

「あなたがアンジェリーナ様でないことは、最初からわかっていました」

そんな予想外の答えを返してきた。

アンジェリーナじゃないって、最初からわかってたって!?

「じゃあ、なんで俺のこと攫ったりしたんだよ」

わけがわからないと、春香は困惑する。

別人だと気づかずにいたのならともかく、そうだとわかっている相手をわざわざ拉致してくるなんて、普通ではとても考えられなかった。

「アンジェリーナ様の代わりに、今日のパーティーに出ていただくためです」

はぁぁ!?

「なんで俺が!?」

「しっ。あまり大きな声を出さないでください。あなたがアンジェリーナ様ではないことを、まだ他の者に知られるわけにはいかないんです」

エドワルドは、ムッとして声高に怒鳴った春香の唇を掌《てのひら》で塞《ふさ》ぐと、静かな口調でそう咎《とが》めてくる。

どうやら、春香がアンジェリーナではないと知っているのは、目の前のこの男だけらしい。

そういえば、他の男達は皆フランス語で喋っていたが、エドワルドだけは最初から日本語を喋っていた。

あまりにも流暢《りゅうちょう》に喋るので、するりと受け入れていたが、それは春香に通じるようにあえて日本語で喋っていたのに違いなかった。

春香をさっきまで喋れないようにしていたのも、もしかしたら春香が偽者《にせもの》だとバレないための工作だったのかもしれない。

しかし、他の男達に秘密にして、いったいどんなメリットがあるというのか。

ますますもって不可解だと、春香が眉間に皺を寄せていると。

「事情を説明しますから、静かにすると約束してくれますか？　あなただって、もう一度猿轡をされるなんて嫌でしょう」

エドワルドが、上から瞳を覗きこむようにして、やんわりと威《おど》しをかけてきた。

そんなことになったらたまらないと、春香が慌ててこくこくと頷くと、すぐに唇への圧迫はなくなった。

「今日は、アンジェリーナ様のために催《もよお》される大切なパーティーがあるのです。しかし、肝心《かんじん》のアンジェリーナ様がパーティーへの出席を拒《こば》んで逃げ出してしまわれ、このままでは主賓《しゅひん》が欠席するという最悪の事態になってしまいます。それであなたに、パーティーが終わるまで、アンジェリーナ様の身代わりを勤めていただきたいのです」

あまりにも勝手な言い分に、春香は思わずムッとしてしまう。

「俺が、それを承知するとでも思ってるんですか。冗談じゃない。絶対に、お断わりだ」

声のトーンを抑えながら、きっぱりと拒絶する春香に、エドワルドは少し困ったような顔をした。

だけど、そんなのしったことではない。

「俺はれっきとした男で、女じゃないんだ。女の身代わりなんて務まるわけがないだろ。すぐにバレるに決まってる」

春香は、こんなときに敬語で喋っていられるかと、素《す》の口調で言い放った。

「いいえ。これだけ似ていれば、充分に身代わりは務まりますよ。本当に、そっくりなのですから」

そっくりという言葉に、春香はぴくっと反応する。

「………アンジェリーナって、道前寺《どうぜんじ》家に滞在中のアンのことなのか?」

身代わりができるほどそっくりな相手といえば、それしか考えられなかった。

「そうです。アンジェリーナ様は『ローマの休日』がお好きで、アン王女と重ねてご自分もそう名乗ってらっしゃるんです」

あのアンなら、それも頷《うなず》けると春香はすぐに納得する。

だけど、エドワルドが、春香がアンのことを知っているとわかっても平然としているのは、腑《ふ》に落ちなかった。

まるで最初から、知り合いであることを知っていたような…………。

「もしかして、俺を攫ったのは偶然じゃない……？」

「申し訳ないですが、そういうことになりますね」

と、いうことは、アンそっくりの春香を偶然見つけたわけではなく、最初から春香の存在を知っていて、計画的に攫ってきたということだ。

「俺をつけてたのか？」

「いえ。あなたがクリスタルランドに来ることはわかっていましたので、あそこで待ち伏せしていました」

「俺が来ることがわかってたって？　な、なんだよ、それ」

こいつ、超能力者かなんかか!?

「アンジェリーナ様が、そうおっしゃってましたので」

「アンが!?」

どうしてアンが、そんなことを知ってるんだ？

ますますもってわからないと、訝《いぶか》しむ春香だったが、ふとあることに気づく。

「エドワルドさんは、アンがどこにいるのか知ってるんじゃないのか？」

「知ってます」

呆《あき》れるくらいあっさりと、エドワルドは肯定してみせた。

「じゃあ、俺に身代わりをさせるように指示したのは、アンなのか？」

春香は、そう訊きながら、嫌な気持ちになってくる。

「それは、違います。アンジェリーナ様は、何もご存じありません。これは私の一存でやったことです」

「いったい何のために？　アンの居場所がわかってるなら、アン本人を連れ戻してくればすむことじゃないか。なんで、わざわざ俺を攫ってまで、身代わりをさせる必要があるんだ？」

春香には、それがさっぱりわからなかった。

「アンジェリーナ様のためです。今頃アンジェリーナ様は、大好きなジョー・ブラッドレーと、きっと楽しい時間を過ごしていらっしゃることでしょう。ですから、できればお二人の邪魔はしたくないんです」

エドワルドの言い方だと、まるでアンが今、恋人との時間を楽しんでいるように聞こえる。

今アンと一緒にいるのは、司《つかさ》のはずなのに。

「ジョー・ブラッドレーって、ローマの休日の中で、アン王女が恋に堕《お》ちる新聞記者だよな。まさか、アンもアン王女みたいに、司に恋をしてるってことなのか？」

できれば否定してほしかった。

なのに。

「そうです。そして、司様もジョー・ブラッドレーのようにアンジェリーナ様に恋しておられます」

エドワルドはさらに、残酷《ざんこく》な追い打ちをかけてくる。

司もアンに恋してる⁉

信じられないと思う傍《そば》から、司とアンの仲睦《なかむつ》まじげな姿を思い出し、春香はぎゅっと唇を噛み締めていた。

「アン王女とジョー・ブラッドレーは身分の違いから、その恋を成就させることはできませんでした。しかし、私はお二人には、アン王女達のようになってほしくはないのです。お二人は子供の頃に運命の出会いをされて、ずっとお互いを想いあってこられました。アンジェリーナ様は、ずっと司様が迎えにきてくださるのを待っておられましたし、司様があなたを傍《そば》に置かれたのも、アンジェリーナ様の面影を重ね見ていたからに違いありません」

エドワルドの言葉が、春香の胸を見えないナイフで斬《き》りつける。

エドワルドは春香と司の関係を知っていて、暗に、春香が司にとってアンの身代わりでしかなかったと、告げているのだ。

確かに、アンとの出会いのほうが先ならば、司が春香にアンの面影を重ねていても不思議ではない。

アンが春香に似ているのではなくて、春香がアンに似ていたのだ。

その順番が入れ替わっただけで、こんなに胸が痛むなんて思ってもみなかった。

痛くて、痛くて、春香は息をするのも苦しくなってくる。

「あなたにとっては酷《こく》なお願いだとはわかっていますが、どうかお二人のために、協力してはもらえませんか。今日お二人が一緒にいること自体が、大きな意味をもつのです。お願いいたします」

エドワルドは、本当に心からアンの幸せを願っているのだろう。

真剣な顔で頭を下げられて、春香は逃げ道を塞がれたような、そんな気がした。

それでも、頷くことはできなくて。

「………だけど俺は、アンとは髪の色も、瞳の色も違うし、ホクロだってない。それに喋れば、声の違いも誤魔化《ごまか》せないし、バレるのは時間の問題だと思う。さっきの人達にバレなかったのが不思議なくらいだ」

春香は、そう言ってなんとか逃げ道を作ろうとする。

だけど。

「そのことなら、周りの者達は、アンジェリーナ様が変装しているのだと思っているんです。私以外の者はあなたの存在を知りませんので、疑いようもないのでしょう。皆は今、最終準備にとりかかっていますから、暫《しば》らくこの部屋に近づくことはありません。その間の時間が稼げれば、あとは万が一バレたとしても大丈夫です。それから慌《あわ》てて本物のアンジェリーナ様を探しに出たところで、パーティーにはとうてい間に合いませんし、結局あなたに頼るしかないのです。パーティーの客達とはほとんどが初対面なので、カツラやコンタクトを使用して、多少のメイクを施《ほどこ》せばほぼ完璧に誤魔化せますしね。あとは、喉を痛めたことにして喋らなければいいんです」

エドワルドは、すべて計算ずみだと言わんばかりに、最後の逃げ道まで断ってきた。

なんだか、断崖絶壁《だんがいぜっぺき》まで追い詰められた気分だった。

「………パーティーが終わったら、帰してくれるのか？」

る。

「もちろん。ちゃんとご自宅まで、お送りします」

別に送ってくれなくてもいいけど、とぼそりと呟《つぶや》いて、春香は諦《あきら》めたように、目を閉じ
すると、エドワルドは春香が承知したものと判断したようで、それまで身体の自由を奪うためにぐるりと巻きつけていたエアシートを、ようやく取り外してくれた。

ロープや紐を使っていなかった理由は、身体に拘束の痕を残さないためなのだろう。

「パーティー用のドレスが届けられるまで、暫らくゆっくりしていてください。私は隣の部屋で控えておりますので」

エドワルドが一礼して部屋から出ていっても、春香はベッドに横になったまま、じっとしていた。

ベッドサイドに置かれた時計の針は、三時を示《しめ》していて、意識を失ってからすでに数時間が経過していたことを、ぼんやりと認識する。

この部屋はどこかのホテルのスイートルームのようで、室内はかなり豪華な造りになっていたが、それを喜ぶような気持ちは少しも湧いてこなかった。

「誕生日だっていうのに、いったい何してんだろ、俺………」

春香は、こんな一日早く終わってしまえばいいのにと、心の中で呟いていた。

8　切ない気持ちは誰のせい？

そのあと。

暫《しばら》く魂が抜けたようにぼーっとしていた春香《はるか》は、扉をノックする音に気づいて、慌《あわ》てて、ベッドのうえに飛び起きる。

そして、応えるべきかどうか迷っていると、春香の返事を待たずにガチャリと扉は開いた。

「ドレスをお持ちしましたので、こちらへお越しください」

姿を見せた年若いメイドは、春香に軽く会釈《えしゃく》すると、隣のリビングへと促《うなが》してくる。

メイドが必要以上に喋りかけてこないのは、喉を痛めて喋れないという設定が、もう使われているせいかもしれなかった。

春香は、憂鬱《ゆううつ》な気分になったが、ここまできたら仕方がないと、小さな溜め息を吐《つ》きながら、リビングへと移動していく。

リビングは、ベッドルームよりさらに豪華で、中央に置かれたグランドピアノが、まるで別世界のようだという印象を抱《いだ》かせた。

やっぱりアンの家も、かなりの資産家なんだろうな……。

春香がそんなことを考えていると、

「アンジェリーナ様、ドレスは三着ご用意させていただきましたので、どうぞお好きなものをお選びください」

トルソーに着せた華やかなドレスの向こうから、そんな聞き慣れた声が聞こえてくる。

この声は、まさか……。

動揺する春香の前に、ドレスの背後から姿を現わした翡翠《ひすい》が進み出てきた。

「なんだ、春香じゃないか。こんなとこで何してんだ?」

「ひす……」

思わず名前を呼びそうになり、春香は慌てて唇を掌《てのひら》で覆《おお》う。

そんな春香の反応に、

「どうしたんだよ。変な奴だな」

翡翠は思いっきり怪訝《けげん》な顔を向けてきた。

それでも春香は、答えることができず、視線をさ迷わせる。

翡翠を誤魔化《ごまか》すことはできないと思うが、エドワルドも同席しているだけに、慎重にならざるをえなかった。

なのに、翡翠は突然吹き出したかと思うと、ケラケラと楽しげに笑い始めた。

「相変わらず可愛いなぁ、春香は。本気で困ってるとこなんて、もう思わず抱き締めたくなったぜ」

そんな馬鹿なことを言って笑い続ける翡翠を、蹴飛《けと》ばしてやりたかったが、今は我慢するしかない。

春香は悔《くや》しさにぎゅっと唇を噛んで、翡翠のことを睨みつけていた。

すると。

「翡翠君、もうそのへんで春香さんをからかうのはやめにして、そろそろ準備にかかってくれませんか」

脇からエドワルドが、そう声をかけてくる。

「え!?　と、いうことは………」

「翡翠君には、事情を話して、協力してもらうことにしたんです。ドレスのことや、メイクのことは、彼に協力してもらうのが一番早道でしたので」

「翡翠。お前……」

なんて嫌な奴なんだと、知っていてからかっていた翡翠のことを、春香は思いっきりどんと突き飛ばした。

「こういうとこが、またいいね。早く俺のモノになれよ、春香」

「誰がなるかっ!?」

噛みつくように怒鳴る春香に、翡翠はまたケラケラと笑いだす。

それが春香の怒りを増長させると知りながら、翡翠は懲《こ》りない男だった。

だけど。

「まぁ、おふざけはこの辺にして、そろそろ仕事にかかるとするかな。じゃあ、悪いけどエドワルドさん、あんた席を外してくれねぇか」

翡翠もようやく、仕事モードに切り替えるつもりになったらしく、急に意外な指示を出す。

「どうしてですか?」

「俺は、仕事の裏を見せるのあんまり好きじゃねーんだよ。こういうものは、完成品を見てもらわなきゃ意味がないからな。それに、俺こいつに惚《ほ》れてるからさ、他の奴に着替えてるとこなんて見せたくねーわけ」

威張ったように答える翡翠に、春香は顔が赤くなっていた。

仕事に対する姿勢は立派だと思うが、最後の付け足しは余計だった。

それでもエドワルドは納得したらしく。

「そういうことなら、仕方ないでしょう。私は席を外しますから、何かあったらすぐに外に声をかけてください」

そう言い置いて、部屋から退出していった。

あとに残ったのは、春香と翡翠と、そしてさっきのメイドが一人。

このメイドさんまだ残ってたんだと、春香がぼんやりと思っていると。

「春香、紹介しとくな。こいつうちの新しいスタッフのマナカ。あとでヘアとメイク担当させるから」

「マナカでーす。よろしくお願いしまーす」

メイドだと思っていた女性が、なんと翡翠のスタッフとして紹介される。

「え!?　スタッフ!?　メイドさんじゃなくて？　だったらなんで、そんな格好してるんだ？」

それは、春香の素直な疑問だった。

「ああ、これ？　こういうところに出入りするなら、それらしくってことで、メイド服を着せてみたわけ。けっこういけてるだろ？　これも俺がデザインしたんだぜ」

「どうりで、ホテルのメイド服にしては派手だと思った」

春香は、派手なメイド服にドレスヘッドまでつけてメイドになりきっている、マナカの全身に視線を走らせ、溜《た》め息を吐く。

その格好でここまできたのかと思うと、呆《あき》れるしかなかった。

「ま、そんなことはいいからさ。あんまり時間もねーし、ドレスどれがいいか選んでくれよ。俺としては、そのパールピンクのドレスがお薦《すす》めだけどな。隣のグラデ入ったやつも着ると裾のラインが広がって綺麗なんだぜ」

翡翠は自作のドレスを自慢げに薦めてくるが、春香は嫌な現実を目の前に突きつけられた気がして、思わず俯《うつむ》いていた。

「…………別に、どれでもいいよ」

「なんか、やけに暗くなってるな。そんなに女の格好するのが嫌なのか？　もう、何度もやってんだから、いー加減少しは開き直ったらどうだ？」

呆れた口調で、翡翠が言う。

だけど、春香が沈んでいるのは、それだけが理由ではなかった。

司とアンの恋愛を成就《じょうじゅ》させるために、アンの身代わりにならなければならないことが、ひどく苦痛だったのだ。

「開き直れるもんなら、とっくに開き直ってるよ」

春香が苦々しくそう言うと、

「そんなに嫌なら、なんで断らなかったんだ」

翡翠がさらに突っこんでくる。

「それは……」

「やっぱり、相手が王女様だと断れねーか」

え？

「王女様って、まさかアン!?」

動揺のあまり、訊《たず》ねる声が震《ふる》えていた。

司の親類なのだし、多分資産家の娘なのだろうということは推測していたが、まさか王女だなんて思ってもみなかった。

「まさか、って……春香、知らなかったのか!?」

春香がこくんと頷くと、翡翠は眉間《みけん》に皺《しわ》を寄せる。

「じゃあ、今日のパーティーが王女様と花婿候補との顔合わせが目的だってことも、知らないんだろ」

「そ、そんなの知らない。聞いてないよ」

花婿候補との顔合わせがあるなんて、エドワルドは一言も教えてくれなかった。

そんな大切な目的があるなんてわかっていたら、絶対に引き受けたりしなかったのに。

「春香は、なんて言われて、王女様の代役を引き受けたんだ？」

「アンがパーティーへの出席を拒んで逃げ出して、このままじゃ主賓《しゅひん》なしのパーティーになるから、パーティーが終わるまで彼女の身代わりをしてほしいと、エドワルドさんに頼まれた」

司とアンのことは口にしたくなくて、春香はそれだけを答えたのだが、翡翠は納得しなかった。

「それだけか？　他にも何か言われたんじゃないのか？」

探るように瞳を覗きこまれて、春香は逃れるように顔を背《そむ》ける。

「翡翠もエドワルドさんから事情は聞いてるんだろ。つまりは、そーいうことだよ」

春香はそれで説明を省いたつもりだった。

しかし。

「そーいうことって言われてもなぁ。俺が聞かされてるのも、生憎《あいにく》そこまでなんでね。それ以上のことは春香に喋ってもらわなきゃわかんないわけよ」

翡翠にこう言われては、このまま黙っているわけにはいかなくなってしまう。

「……司とアンの恋を成就させるために、協力してほしいって……」

春香は、目を瞑《つむ》ってぼそりと答えた。

「はぁ!?　なんだ、それ。どっからそんな話が出てんだ？　王女様はともかく、春香のことしか考えてないようなあの男に浮気なんてできるわけがねぇだろ」

きっぱりと否定してくる翡翠に、春香は力なく何度も首を横に振る。

「だけど、エドワルドさんが、司とアンは互いに想いあってるって……。子供の頃に運命的な出会いをして、それからずっと想いあってたって。だから、司が俺を傍《そば》に置いたのも、ただの身代わりで、アンの面影を重ね見てただけ……なんだ」

そう言いながら、春香は不覚にも涙が零《こぼ》れてしまいそうになるのを、懸命《けんめい》に堪《こら》えた。

人前で泣くのは、絶対に嫌だった。

自分がすごく弱い人間のように思えて、たまらなくなる。

「で、春香はそれを信じるのか？」

「だって、司とアンの出会いのほうが早いんだから、司が俺にアンの面影を見てたって、仕方ないし。俺は男だから、ちゃんとした結婚も子供もできないけど、アンならそれは可能になる。それに、あのイベント好きの司が俺の誕生日を忘れて、アンと出かけてるってことが、何より司の気持ちを証明してるよ」

春香は、自分で自分に言い聞かせるように、震える声を絞《しぼ》りだし、ゆっくりと言葉を紡《つむ》いだ。

すると。

「誕生日!? しまった、春香の誕生日って今日だったのか。クソォーッ、俺としたことが迂闊《うかつ》だったぜ」

翡翠は、妙なところに反応して、チッと忌《い》ま忌ましげに舌打ちする。

「尚《ひさし》の奴が、全部の仕事を放棄して休みとったりするから、忙しくて他のことに頭がまわんなくなってたんだ。悪いな、春香。今度ちゃんと埋合《うめあ》わせはするからさ」

「いいよ、そんな気にしなくても」

気持ちだけで充分だと春香が答えると、

「俺は許せて、司は許せない、その違いはどこにあるわけ?」

翡翠がずばっと切りこんできた。

「ど、どこって……」

「ここの痛さの違いってやつ?」

そう言って翡翠は、自分の心臓の辺りを指でとんとんと叩いてみせる。

表現は抽象的だったが、それでも春香にはすごく実感できる譬《たと》えだった。

「司が春香よりもアンのことが好きだって、あいつの口から直接聞いたわけじゃないんなら、あいつのことを信じてみればどうだ？」

「え？」

まさか、翡翠の口からこんな台詞《せりふ》が飛び出してくるとは思ってもみなかっただけに、春香は少し驚いていた。

翡翠と司は互いが互いに苦手意識をもっていて、友好関係にあるとはとても言い難い間柄なのだ。

だけど。

「確かに俺は、お前達に別れてほしいと思ってるし、司が消えてくれればありがたいとも思ってる。だけど、こーいう形で不戦勝狙うのは主義じゃねーんだ」

翡翠には翡翠なりのポリシーがあるらしかった。

「春香は、自分がアンジェリーナの身代わりだと思ってるみたいだけどさ、それって外見だけの話だろ。中身は全然別物じゃん。いくら似てるっていったって、それだけで決めつけるのは早いと思うぜ」

「だけど、珊瑚《さんご》は飼ってた愛犬『ルー』に似てたからって、寿《ことぶき》のことを好きになったじゃないか」

春香は、あれも一種の身代わりではないかと、言及《げんきゅう》する。

どうしても自分が身代わりであるということを、否定できなかった。

それだけ自分に自信がなくなっていたのかもしれない。

「ああ。あれか……。まぁ、それはそうなんだけどな。珊瑚の『ルー』は、ちょっと特殊《とくしゅ》なんで、お前等のケースとは一緒に考えないほうがいいって」

「どう特殊なんだよ」

「あーっ、もう見せたほうが早いな。マナカ俺のカバン取って」

翡翠はそう言って、話の邪魔にならないように部屋の隅で待機していたマナカに命じ、自分のカバンを持ってこさせると、中からパスケースのようなものを取り出して、それを春香にポンと放りなげてくる。

「これは？」

「開いて見てみろよ」

翡翠に促されるままに、二つ折りのパスケースを開いて見ると、中には写真が入っていた。

その写真には、まだ幼い、本物の天使のようなあどけない笑顔で笑っている珊瑚と、珊瑚に馬乗りされているセントバーナードが写っている。

「これが『ルー』なのか!?」

「全然、寿には似てないだろ」

「そ、そうだな……」

悪いが、本当に全然似ていなかった。

犬に似ているほうが変なのだから、似ていなくて正解なのだが、珊瑚があまりに似ている似ているというものだから、やはりどこか似ているところがあるのだろうと、これまではそう思っていたのだ。

だけど、実際こうして写真で確認してしまうと、『どこが似てるんだ?』と、首を傾《かし》げるしかなかった。

「珊瑚の場合、『ルー』は好きな相手や物に対する呼び名みたいなもんなんだ。昔たった一人の心許《ゆる》せる相手だった世話係の瑠里子《るりこ》と引き離されてさ、その淋しさを紛らわすために飼った犬が、初代の『ルー』で。その初代が死んでからは、もう生き物は飼いたくないって、ぬいぐるみや人形が、二代目、三代目の『ルー』に命名されるようになった。だけど、人間相手に『ルー』の呼び名を与えたのは、寿が初めてでさ。正直俺はかなり、驚いたね」

「それだけ寿は、特別だってことだよな。寿本人のことが好きだから、大好きだった『ルー』と似てるようにも見えるんだ。こんなに全然似てないのにな」

春香は、パスケースの中の写真をじっと見つめながら、しみじみと呟《つぶや》く。

翡翠達兄弟の家庭事情がちらちら見え隠れしていたが、春香はあえてそれを追及する気にはなれなかった。

誰にでも、触れられたくないことはあるのだと、わかっているからだ。

「………司も、アンに似てるからじゃなく、俺個人を見ててくれたのかな」

「っていうより、司は春香しか見てないだろ。お前が他の奴らと一緒にいるときのあいつの瞳見てみろよ、もうマジで殺意が漲《みなぎ》ってるぜ。視線だけで殺せるなら、今頃死体の山が築けてるね」

「それは、オーバーだろ」

「オーバーなもんか。それだけあいつは、春香にぞっこんなんだ。だから、それだけラブラブに愛しちゃってるお前がただの身代わりだとすると、あいつならとうの昔に、本命の王女様を攫《さら》って逃げてなきゃおかしいわけよ」

翡翠は、そうきっぱりと断言する。

だけど、春香はまだそれを信じる気にはなれなかった。

「相手が王女様じゃや、いくら司でも、そう簡単には攫いにいけなかっただけじゃないのか?」

ジョー・ブラッドレーがアン王女を攫えなかったのと同じように、司もやはり躊躇《ちゅうちょ》していたのかもしれない。

春香は、そう思っていたのだ。

「賭けてもいいが、あいつは春香が王女様だったら、間違いなく速攻で攫いにいって、そのまま誰も知らない場所へ連れ去ってると思うぜ」

「俺だったら……？」

なんだか、胸の奥がざわざわしていた。

胸が苦しいのとは少し違う、変な感じ。

春香が、自分の中に起こった変化に少し戸惑《とまど》っていると。

「とにかく、あとは自分で考えるんだな。これ以上時間くっちまうと、支度《したく》が間に合わなくなる。ただし、先に言っておくと、このパーティーに出たら春香が司の気持ちを信じてないって、証明することになるぞ。そのときは、俺は遠慮《えんりょ》なくアタックを開始させてもらうからな」

翡翠が、まるで決断を迫るように急《せ》き立ててくる。

パーティーに出席したら、俺が、司の気持ちを信じていないって、証明することになるって？

それは嫌だと、春香は瞬時にそう答えを出していた。

司がアンを好きだという話は、エドワルドの口から聞かされただけで、司本人に確かめたわけでもなんでもない。

つまり、信じるか信じないかは春香自身が決めればいいことなのだ。

そして今は、司の気持ちを信じてみようと思う。

「翡翠。俺、パーティーには出たくない。だけど、このままだとあのエドワルドさんに、無理矢理《むりやり》にでも引きずっていかれそうな気がする」

出ないと決めたら、今度は別の難問が待ち受けていて、春香は眉間《みけん》に皺《しわ》を寄せながら、はーっと重々しい溜め息を吐いた。

「それなら、いい手があるぜ」

「本当か？」

ぱっと表情を明るくした春香に、翡翠はマナカを指差してみせる。

彼女がどうしたんだ？

わけがわからずに、春香が怪訝《けげん》な顔をしていると、

「春香、お前マナカと入れ替われよ。みんなこの格好は覚えてても、いちいちマナカの顔までチェック入れてるとは思えねぇし。マナカのふりして、ここから脱出するんだ。俺達

が一緒に部屋の中から出てこなきゃ、そうそう疑われることはないだろ」

翡翠が、また突飛《とっぴ》な作戦を持ちかけてきた。

「な、なんでメイドの格好なんかしなくちゃならないんだよ」

「仕方ないだろ。これしかねーんだから。だけどこの格好だからこそ、服に目がいって、顔に注目がいきにくいっていう利点もあるんだぞ。やりたくないなら、無理にとは言わねーけどな」

そう言われると、返す言葉に詰まってしまう。

このままここに残れば、パーティードレス。

脱出するなら、メイド服。

究極の二者選択だが、どちらに転んでも女装することには変わりなかった。

「わかった。やる。マナカさんと入れ替わって、ここを脱出する」

メイド服を着る道を選んだ春香は、きっぱりとそう宣言する。

決めたからには、男らしく堂々としていたかった。

だけど、数分後――。

春香は、やっぱり少し早まったかもしれないと、心の中で後悔することになった。

「あの……本当に、こんなものまでつけないと駄目なのか？」

春香は、両足に着けさせせられたガーターベルトに、顔を真っ赤にしながら、異義《いぎ》を訴える。

派手《はで》なメイド服だけでも充分に恥ずかしいのに、オプションでついてくるピラピラのペチコートや、ドレスヘッドまでを強いられ。

そのうえ、なんともエッチくさいガーターベルトまで着けさせせられている自分の格好を鏡で見ると、思わず目眩《めまい》がしそうだった。

なのに。

「きゃー、もう超似合ってるーっ。噂ではきいてましたけど、こんなに女の子の格好がナチュラルにきまるなんて、ホントすごいですよね。この服だってマナカより全然似合ってるし。ドレスのほうも、ホントはかなり見たかったんですけど、今回は涙を飲んで諦《あきら》めます。司様との愛を貫いてくださいね。マナカも応援しちゃいます」

支度を手伝ってくれているマナカは、かなり頭の悪そうな浮かれ口調で春香のメイド姿を褒《ほ》めたたえてくる。

春香の訴えなど、耳にも入っていない感じだ。

「おいおい、司と愛を貫かれちゃ困るんだよ。どうせ応援するなら、俺と春香の愛の進展《しんてん》を応援してくれ」

どうでもいいことを訂正してくる翡翠にも、春香は脱力するしかなかった。

そんな翡翠にエヘッと舌を出したマナカは、最後の仕上げに、春香の頭を、両サイドの高めの位置にくるくるっとロール状に巻いたつけ毛をつけて、ツーテールという自分と同じ髪型にしていく。

これにも、春香は何の異義《いぎ》も唱《とな》えることはできなかった。

いや。唱えてはみたのだが、完全に無視されて終わりだったのだ。

「メイクのほうは、ばっちりしちゃうとかえって可愛さが際立って目立ちすぎるから、リップだけにしときますね」

そんな嬉しくない理由で顔を塗りたくられないことだけが、唯一の救いといえば、救いだった。

「はーい。できましたよ。もう可愛くて、可愛くて。このままぎゅーって抱き締めて、食べちゃいたいくらい可愛いですーっ」

マナカのハイテンションに頭がくらりとする。

だけど。

「まったく同意見だ」

頭が痛くなるほどの馬鹿が、ここにも一人。

「バ、バカッ。放せ」

油断も隙《すき》もならないのはこのことだと、春香は突然抱き締めてきた翡翠のことを突き飛ばしながら、肩を怒《いか》らせて怒鳴《どな》っていた。

少しは翡翠のことを見直しかけていたというのに、その分損をした気分になってくる。

「支度ができたんなら。俺は、もう行くからな」

これ以上ここにいては、何をされるかわからないと、口早に言い放つ春香だったが。

「まぁ、気をつけろよ。エレベーターは出て右側を真っすぐだが。多分その手前のフロアロビーに、例のエドワルドや、その他にも誰か控えてるはずだからな」

翡翠はさっきまでとはうって変わった少し神妙《しんみょう》な声で、最後の忠告を与えてきた。

とたんに、春香に緊張が走る。

そうだ。

あのエドワルドや他の男達が待機しているのだから、絶対に気は抜けなかった。

「俺がパーティーすっぽかしたら、やっぱホントはかなりマズイ事態になるんだよな」

ぼそりと呟いてみたが、それでもやめる気は起こらない。

アンは最初から自分が罰を受ける覚悟で逃げ出したのだろうし、春香ももう黙って身代わりをしてやるつもりはなかった。

なんといっても、今日は春香の誕生日なのだから、自分の好きなように行動しても、今日ぐらいは許されるはずなのである。

そうでなければ、今日という日が、最悪の思い出だけで終わってしまう。

だから。

「これを抱《かか》えて、顔を伏せて歩けばもっとバレにくくなりますよ。なんか聞かれたら『ちょっとこれを下に』とかなんとか、適当に誤魔化せますからねーっ」

そう言って、マナカに渡されたタオルの山に、本当にこれで誤魔化せるのかと不審《ふしん》を抱《いだ》きながらも、春香は覚悟を決めて部屋の外へと踏み出したのだった。

すごい。

心臓が、めちゃくちゃドキドキしてる。

それに、一歩足を進めるごとに、そのドキドキがどんどん大きくなってきてるような気がする。

大丈夫かな。いや。大丈夫だよな。

なんて、今にも口から心臓が飛び出そうなくらい緊張しながら、春香はふかふかの絨毯《じゅうたん》が敷き詰められた廊下を、エレベーターに向かって歩いていく。

ラッキーなことに、今のところ誰ともすれ違わずにすんでいたが、エレベーターの手前のフロアロビーには、あのエドワルドが待機しているのだ。

他の奴らの目は誤魔化せるかもしれないが、あのエドワルドを誤魔化せるかどうかは、今いち自信がなかった。

だけど、自信がなくてもいまさら引き返すことはできない。

どうせ駄目だからと、最初から諦めることだけはしたくなかった。

いつもと同じ、司の助けばかりを待っているお姫様状態ではいたくない。

春香は、自分の男としてのプライドにかけて、なんとか頑張るつもりだった。

まぁ、男としてのプライドうんぬんというには、格好があまりにも情けなかったが。このさいそれには、目を瞑っておくことにする。

「とうとうきたぞ……」

春香は、左手奥に造られたフロアロビーを視界に捉《とら》えると、小声でぼそりと呟いて、大きく深呼吸を繰り返した。

そして、抱えていたタオルの山を少し上に抱え直し、顔を伏せるようにして、エレベーターへ直進する。

なんとかいけるかも。

一瞬、そう思った春香だったが。

「おい。そこのメイド。ちょっと止まりなさい」

やはり目敏《めざと》くエドワルドからチェックが入った。

春香は、止まるべきか強行突破すべきか迷ったが、止まれば確実に見破られるのはわかっていたので、あえて後者を選んで突っ走る。

エレベーターは、もう目の前だった。

「ちょっと、待て。待ちなさい」

待てと言われて待つ奴はいない。

春香は、すぐ後ろに追ってくるエドワルドの気配をひしひしと感じながら、必死に足を動かした。

しかし、やっとエレベーターの前まで辿《たど》り着いた春香を待っていたのは、何度下降ボタンを連打してもまったく開く気配のない無情な扉だった。

「まさかとは思いましたが、やっぱり春香さんですね」

後ろからがしっと春香の身体を捕まえながら言う、エドワルドの声には、責めるような響きが含まれていた。

それでも春香は負けじと、

「放せよ。俺は、身代わりなんかやらない。絶対やらないんだから、捕まえたって無駄だぞ」

そう大声で怒鳴って、応戦する。

「さっきは、協力すると約束してくれたじゃありませんか。前言を撤回するのは、男らしくありませんよ」

エドワルドは痛いところをついてきたが、ここで引くわけにはいかなかった。

「俺は約束なんてした覚えはない。黙ってたら、そっちが勝手にそう判断しただけじゃないか。期待させて悪かったけど、俺はアンの身代わりはできない……というか、やりたくない。司を信じていたいんだ」

なんとかわかってもらおうと、春香は必死で言葉を紡《つむ》いだ。

すると。

「どうしてわかってくれないんです。あなたは、アンジェリーナ様と司様の幸せを打ち壊すつもりですか。あなたは、邪魔者でしかないのに」

エドワルドは心ない言葉で、春香の胸を抉《えぐ》ってくる。

「……嫌だ。信じない」

信じたくないと、春香は大声で叫んでいた。

そんな春香を、エドワルドは強引に担《かつ》ぎあげて、奥へと連れ戻そうとする。

春香がそれでも暴れて抵抗していると、それまで待機していた数人の男達までが、周りに集まってきて、逃げ場を完全に塞いでしまった。

「もう諦めなさい」

エドワルドの低い声が、そう告げてくる。

お前は邪魔者なのだと、念を押されているような気がした。

目の前が、どんどん霞《かす》んできて、春香は手足が痺れているような感覚に襲われる。

「嫌だ。司、司――っ」

泣きながら司の名前を呼ぶ春香は、自分が泣いていることさえ、もうわからなくなっていた。

9　恋する瞳はスキャンダル♥

「春香《はるか》さんを、すぐに解放してくれませんか。でないと、僕は今かなり気がたってますので、手加減など一切できませんよ」

遠くから聞こえてきたような、司《つかさ》の声に春香はびくっと反応する。

慌《あわ》てて涙でぐちゃぐちゃになった顔をあげて、司の姿を探すが、視界が男達に塞《ふさ》がれていて、その姿を捉《とら》えることはできなかった。

もしかして、空耳《そらみみ》だったのかも。

なんて、春香が諦《あきら》めかけていると、

「この人のことは、もう忘れてしまわれたほうがいい。あなたには、アンジェリーナ様がいるのだから」

エドワルドが、耳元で声を響かせる。

すると。

「どうして僕が、最愛の人のことを忘れたりしなくてはならないんでしょう。ふざけたことを言わないでもらいましょうか」

感情を抑えたような低い声が、今度はすぐ近くから聞こえてきた。

やっぱり司だ。

司が、きてくれたんだ。

「司……」

春香が、エドワルドに担《かつ》がれたまま、じたばたと手足を動かすようにして再び暴れ始めると、近くにいた男がそれを制するように、力づくで押さえつけてくる。

「イタッ。痛い……」

顔を顰《しか》めて苦痛の声をあげた春香に、きれたのは司だった。

恐ろしい程の速さで、周りにいた男達を次々に絨毯《じゅうたん》の上に沈めていくと、春香を押さえつけていた男の右手を、無言で掴んで捻《ひね》りあげる。

「…うぅあっ」

鈍い音を立てた右手を庇《かば》うようにしてしゃがみこんだ男は、確実に骨が折れているようだった。

「そんな汚い手で、僕の春香さんに触ったことを一生後悔するんですね」

ここまで司が容赦《ようしゃ》ない制裁を与えるところを見たのは初めてで、春香はどれだけ司が怒っているのかを知った気がした。

司の怒りの視線は、とうとうエドワルド一人へと向けられる。

「………そんなに、この人が大切ですか」

エドワルドは苦々しげにそう言うと、春香をそっと床へと下ろした。

司は、そのままその場に座りこむ春香に悲痛の表情を浮かべると、

「春香さんより大切なものなんて、何もありません」

春香の瞳を見つめながら、きっぱりと、そう言いきる。

春香は、やっと止まったばかりの涙がまたもや溢《あふ》れてきて、視界がぼやけていた。

そんな中。

「だから、あなたにもこの人を傷つけた代償は払ってもらいます」

「それはあなたも同じでしょう。アンジェリーナ様の心を傷つけて………」

「あなたはアンの気持ちが何もわかってない」

司とエドワルドの格闘が始まってしまった。

エドワルドは最初に感じていたように、やはりかなり身体を鍛えているようで、今までの男達とは比べものにならない動きで、司の攻撃を躱《かわ》していく。

しかし、司の技量のほうが少し上だったのか、だんだんとエドワルドが追い詰められていくのが、目に見えてわかった。

春香は、止めなければと思っているのだが、声が喉で詰まって出てこない。

そして、とうとうエドワルドの動きを封じてしまった司が、エドワルドの前髪を掴みあげたとき。

「やめて。やめてください。お願いです、司。エディにそれ以上乱暴しないで。怒るなら私のこと代わりに殴ってください」

開いたエレベーターの中から、転がり出るようにして駆け寄ってきた素《す》のままの姿のアンが、制止の声を張り上げてきた。

エドワルドの傍《そば》まで辿り着くと、アンはそのまま司からエドワルドを庇《かば》うようにして、身体の上に覆《おお》い被《かぶ》さり、許しを乞《こ》うように何度も司に謝り続ける。

「アンジェリーナ……様……」

アンに気づいたエドワルドは慌てて身を起こそうとするが、アンはそれをさせじと、ぎゅっと抱きついていた。

「どうして昔みたいに、アンって呼んでくれないの？　どうして、約束したのに、浅草連れていってくれないの？　エディは……アンのこと嫌いなの？」

大きなスミレ色の瞳から大粒の真珠が、ぽろぽろと零《こぼ》れ落ちていく。

「ア……アン…？」

エドワルドは困惑しているようだったが、これを見て、アンの気持ちに気づかないものは、誰もいないだろうと春香は思った。

「アン。『ローマの休日』ごっこはこれまでにしましょう。これ以上ここにいると、僕はこの人に何をするかわかりませんので、これで退散します。まだ、やることも残ってますからね」

司は、まだエドワルドに対して、制裁を加え足りないと思っているのがありありだったが、アンの気持ちをくんでこれですますことにしたらしい。

「ごめんね、春香。ごめんね……」

最後に瞳いっぱいの涙を浮かべて謝ってきたアンに春香は、気にしなくても大丈夫だと手を振って、司に抱き抱えられたままエレベーターに乗りこんでいた。

それから驚くことに、春香が連れていかれた先は、すぐ真下の階にあるスィートよりワンランク下ぐらいの、それでも無駄に豪華な部屋だった。

いつもならいろいろと文句を言ったり、暴れたりするところだが、今回は春香も黙って司に従っていた。

そして、扉が閉じて司と二人っきりになったと同時に、春香は司の存在を確かめるように、ぎゅーっと強く抱きついていく。

「悪かったな。遅くなって」

あやすように背中を優しく撫でてくる司に、春香は何度も首を横に振り、

「司のこと信じなかった罰があたったんだ……」

そう、震《ふる》える声で告白した。

「俺のことを信じるって、叫んでたじゃないか。あれですべてはちゃらだ」

茶化《ちゃか》したように言う司に、ちゅっと口づけられると、少し心が軽くなった気がするから不思議だった。

「んっ……ん……んんっ」

深い口づけを交わしながら、ベッドにもつれこんでも、逃げようとか抵抗しようという気はまるで起こらない。

反対に、もっと司のことをいっぱい感じたかった。

「……ん……ふ……っ…ん」

口腔を愛撫する司の舌が、いつもより甘く春香を酔《よ》わせる。

どこが違うわけでもないのに、絡めた舌を強く吸われたり、擦《こす》られたりするだけでも、すぐに下半身が熱くなってくるほどの快感を覚えた。

もしかして、それだけ感情が高ぶっているせいだろうか。

「ん……ん……ふっ」

口づけの合間に、耳たぶを指で愛撫されて、びくびくと身体が震える。

すると司は、執拗《しつよう》に耳への愛撫を繰り返した。

「ヤだ……それやめ…て…」

唇が解放されたと同時に、そう訴えてはみたが、それでやめるような司ではない。

今度は弄《いじ》られて敏感になった耳へと、熱い舌を這《は》わせてきた。

「あっ……音がヤだって…あぁっ」

ぴちゃぴちゃとわざと湿った音をたてて、耳をしゃぶるように舐《な》めてくる司に、春香は羞恥《しゅうち》に真っ赤になりながら、身体を捩《よじ》る。

春香はこういう聴覚を犯されるような行為が、どうしても苦手だった。

それがわかっていながら、司は春香を優しく追い詰めて、

「春香、さっきいっぱい泣いてたから、涙の味がする」

そんな意地悪な台詞を耳元に囁《ささや》いてくる。

春香はますます顔を赤くしながら、

「そ、そんなにいっぱい泣いてない」

と、せめてもの強がりを口にしていた。

しかし、デリカシーが欠落しているらしい司は、

「じゃあ、これからは泣くのはベッドの中だけにしておくか？」

なんて、思わず耳を塞ぎたくなるような寒い台詞を、いやらしい笑みを浮かべながら、
平然と告げてくるのだからたまらない。

「司の馬鹿っ」

思わず振り上げた手を難なくキャッチされ、春香は悔しさに唇を尖《とが》らせた。

だけど、掴まれた手をそのまま唇へと引き寄せられ、指先を熱い口腔内に誘いこまれた
春香は、絡みついてくる舌に甘い息をもらすようになってしまう。

「んっ……あっ…あ…」

白い指に赤い舌が絡みつく図は、視覚的にも春香を煽《あお》っていた。

「司ぁ……」

爪の上から、強めに歯をたてられて、びりびりとした甘い痺《しび》れが足の先まで走っていく。

指先からどんどん上へと辿《たど》っていく舌先が、昨夜の拘束の痕《あと》の残った手首に辿り着き、

「昨夜縛った痕、けっこうはっきり残ったな。今度は、身動きできないくらいにお前のことを拘束して、誰にも逢わせず、どこにもいかせず閉じこめていようか？　そうすれば、ずっと離れずにいられる」

恐い台詞《せりふ》をマジな口調で告げてくる司に、なぜか身体がかーっと熱くなった。

「あっ……手…放して……」

拘束の痕を舌で辿り、ときどき強く吸われて、熱は身体全体に広がっていく。

どうしてこんな些細《ささい》なことで、身体のあちこちがめろめろになっていくように、感じてしまうんだろう。

春香は、気持ちのよさに瞳がとろんとなり始めていた。

するとと司は、

「この服は、なかなかエッチっぽくて楽しめるが、脱がすには若干《じゃっかん》手間がかかって面倒だな」

春香の着ていたメイド服をそう評しながら、真っ白いエプロンの後ろの紐の結び目を解《と》

き、背中の包みボタンを一つ一つ丁寧に外していく。

されるがままの春香は上半身を裸に剥《む》かれてしまっても、じっとおとなしくしていた。

裸の胸には、無数の赤い痕が散らばっていて、それを残した張本人である司は、赤い痕に視線を走らせ、満足気に笑みを浮かべてみせる。

それから。

「ああ。もう、こんなにここを尖らせてたのか」

「あぁっ」

白い胸に色づく二つの飾りを同時に指でぐりっと弄《いじ》ってくる司に、春香は大きく喉を仰《の》け反《ぞ》らせた。

そのままぐりぐりと強い刺激を与えられると、昨夜さんざん弄られて過敏になっていた先端が、ぴりぴりとした痛みを訴えだす。

「イタッ……司…ヤだぁ…っ」

痛みのせいで、とろんとなっていた瞳が正気づき、春香はいやいやをするように何度も首を振って見せた。

「昨夜弄りすぎたせいか？　少し、赤くなってるぞ」

そう言いながらも、胸の突起を愛撫する司の指は止まることがない。

春香が嫌がるからわざとやっているのが、目に見えていた。

「そんな……の……言うな……あぁっ…あっ」

春香は、シーツを手の中に手繰《たぐ》り寄せ、ぴくぴくと身体を魚のように跳ねさせる。

痛くてやめてほしいのに、別の感覚がむずむずと腰の辺りから這《は》い昇ってくると、懇願《こんがん》よりも甘い吐息のほうが、増えていった。

「そろそろ、ここ、舐めてやろうか。そして、舐めながら、こっちも思いっきり弄って可愛がってやる。春香、そうされるの大好きだもんな」

「だ……から……あっ…ヤ…あっ…」

いやらしい台詞で春香を煽るだけ煽って、司の舌は少し赤くなった胸の突起を擦るように舐め始め、指先は昂ぶっていた春香の股間のモノを弄って啼《な》かせるために、悪戯《いたずら》にスカートの裾を臍《へそ》の辺りまで捲りあげてきた。

それから器用な指先で春香の下着をズルリと膝までずり下げると、残りは足でさっさと取り去ってしまう。

司が足につけれられているガーターベルトに、スケベそうに顔をにやけさせたのは、幸か不幸か春香の目にはとまらなかった。

「あっ……あ……司ぁ……」

胸を弄られながら、股間のモノまで指での愛撫を加えられると、それまでのものとは比べものにならないほどの快感が襲ってくる。

「ヤっ……あっ…あぁっ」

春香は、鼻にかかった甘えるような嬌声《きょうせい》を、零《こぼ》し続けた。

「タッ……吸わない…で…あぁぁっ」

胸の突起を痛いぐらいに吸い上げられ、頭の先まで電流が走り抜けると、司の手の中にある春香自身もぴくっと反応して体積を増す。

そして体積の増した昂ぶりに、司はまた意地悪な愛撫を仕かけてくるのだ。

その繰り返しを暫らく繰り返されて、春香は半泣きの状態で、司に許しを乞うようになる。

「司ぁ…も…達かせて……は…ぁっ…お願ぁ…い」

意地を張って我慢する気力もなかった。

これですぐに許されないのは、経験上わかっている。

だけど、懇願せずにはいられないのも、いつものことなのだ。

なのに、なのに、だ。

いつもだったら、司はこれぐらいの懇願では、絶対に許してくれることはないのだが、

今日はどういう気紛《きまぐ》れが起こったのか、

「仕方がないな。今日は、これぐらいで達《い》かせてやるよ」

そう言って、屹立《きつりつ》した春香自身を今度は口腔へと誘いこんでくる。

珍しいこともあるもんだ。

春香は頭の隅でちらりとそんなことを考えたが、すぐに思考は閉ざされた。

「ふぁっ…あっ……いいっ……あぁっ」

司の口淫は、恐ろしく巧《うま》いので、それこそもう春香は流されるまま、高みへと追い立てられていく。

「そこ……ヤ…さっきのとこ……あ…は…ぁっ」

一番弱い先端部分の亀裂部分を執拗《しつよう》に舌先で擦られたり、窄《すぼ》めた唇で強弱をつけるように上下に擦られたり。

快感は引きなしに訪れて、春香を翻弄《ほんろう》していった。

そして、何度目かの強烈な快感に身体が痺れたあと、春香の腰はぶるっと震え、情欲の証を司の口腔へと放っていた。

「え…!?」

春香は、早急に身体の奥に潜りこんできた司の指の感触に、一瞬びくっと身体を強《こわ》ばらせた。

射精したあとの乱れた息を必死で整えていた春香だったが、その息の乱れもほとんど整わないまま、司が何の前触れもなく、突然行動に移してきたのだ。

「な、なんで急に……」

と、わたわたする春香に対して。

「昨夜犯《や》ったばっかりだから、すぐに解《ほぐ》れてくる」

司は湿った音を響かせながら、細長い指の抜き差しを繰り返す。

またそんなことを、と。

春香は、どこまでいってもデリカシーという言葉を拾ってきてくれない司に、心の中で文句を言っていたのだが、口にださなければ伝わることもない。

「あっ……あっ…あ…」

司は少しでも早く身体を繋げてしまいたいのか、春香の感じるポイントばかりを、繰り返し繰り返し、攻め立ててきた。

弱点なんて、知りつくされているのだから、もうめろめろだった。

「んっ……熱っ…熱くなって…きた…ぁ」

身体の奥にたまった熱が、出口を求めているのがわかる。

いや。もしかしたら、この熱を鎮《しず》めてくれるのを待っているのだろうか。

なんて、身体に広がる熱のせいで、春香はどうでもいいことをぼんやりと考えていた。

「もう、いいか？」

司に問いかけられて、春香は無意識に頷《うなず》く。

引き抜かれた指の代わりに、司の昂ぶったモノが突き挿れられてきて、春香はちょっと身を強ばらせた。

ぎゅっと噛み締めていた唇からは、苦痛の声は漏《も》れることはなかったが、その行為に苦痛をともなわないわけはないのだ。

「すぐに気持ち良くしてやるから。少し、我慢しろな」

司は、そんな前置きをしたあと、自分のモノを根元までずぶりと押しこんできて、馴染《なじ》ませるようにゆっくりと腰を使い始める。

「あっ……まだ…動くな……ぁっ」

この最初の間の苦痛をやりすごしさえすれば、強烈な快感に他の感覚が押しつぶされていくのは、わかっていた。

だから春香は、早くそうなればいいのにと願いながら、司が自分のモノを律動させる度《たび》に、頭の中で司への悪態《あくたい》を吐《つ》きまくった。

そうしていれば、少しは気が紛れるからだ。

そしてそのうちに、司が春香の感じる場所を的確に探り当ててきて、自分のモノで激しく擦りあげてくる。

「あぁっ…あぁ…っ」

「ここ、だろ？　ここ、気持ちいいだろ」

春香は、こくこくと頷いて答えた。

気持ち良くて、気持ちよくて、たまらなかった。

「……司ぁ……あぁっ…もっと……」

もっと強烈な快感に身を任《まか》せたくて、春香はねだるような甘えた声をだす。

「春香。もっと、もっと、俺をほしがれよ」

司は、春香の要求に応えるように、激しい抜き差しを繰り返しながら、熱く訴えかけてきた。

そして。

「俺は、春香以外に大切なものなんてないんだから」

先刻聞いたあの台詞をもう一度耳元で囁《ささや》いてきた司に、春香はぎゅっと密着するようにしがみついていく。

そうすると、繋がった部分が痛くて思わず顔を顰《しか》めてしまったが、そんなことはどうでもいいことだった。

「司……もっと…司でいっぱいにして……」

熱くこみあげてくる想いが、自然とこの台詞を口にさせていた。

しかし。

春香は、この一言がどれだけ司の下半身を直撃したか、それから身をもって知ることになる。

「あっ……あっ…あぁっ……ん…あぁっ」

両足を高く抱え直し、最奥まで休みなく穿ってくる司に、春香は唇を閉じる暇がないくらい、喘《あえ》がされた。

津波のように押し寄せてくる快感の波に、頭の芯までが蕩《とろ》けそうだった。

「あっ……司…も……駄目……溶け…ちゃ…あぁっ」

本当に、本当にこのまま身体ごと溶けてなくなってしまいそうで、春香は司の髪を掴んで、恐いと訴える。

「大丈夫。溶ければ、混ざりあえる」

そんな司の答えにどこか安心した春香は、ラストスパートにかかった律動の激しさに意識が朦朧《もうろう》となっていき、熱い迸《ほとばし》りを身体の最奥で感じた瞬間、自身も二度目の精を放って完全に意識を手放していた。


「春香、起きろよ。着いたぞ」

「ぴゃぁ!?」

ぎゅっと鼻を摘《つま》まれて、無理矢理《むりやり》眠りから起こされた春香は、まだ重い目蓋《まぶた》をこじ開けるようにして、周りを見回す。

「あれ？　ここ……どこ？　多分外だよな。でもなんか薄暗いし。さっきまでベッドにいて、なんで起きたらこんなとこにいるんだ？　もしかして、俺まだ夢の中なのかな」

ぼけた頭で、春香がぼそぼそと独り言を呟《つぶや》いていると。

「夢なわけないだろ。ほら」

突然のキスに襲われた。

「んーっ、んーっ」

「これで、目が醒《さ》めたか？」

目覚めのキスにしては濃厚なキスで、春香は涙目になりながら、くくっと楽しそうに笑っている司を睨みつけるが。

「これからが本番なんだ。寝てもらっちゃ困るからな」

この意味深な発言に、春香の表情は怪訝《けげん》なものに変わっていく。

「いったい、なんの本番なんだ？」

まさか、外でエッチなことの続きでもしようっていうんじゃないだろうな？

春香は、司の腕に抱《だ》き抱《かか》えられていることに気づいて、下へおりようとじたばたと暴れ始めた。

「しょうがないな、足もと気を付けろよ」

あっさり下ろしてくれた司にまたしても不気味なものを感じながら、春香は薄暗い周りへとざっと視線を走らせる。

あれ？

ここって、まさか……。

「はい、カウントダウン開始。スリー、ツー、ワン。ハッピーバースディ春香。十七歳だね」

司のカウントダウンにあわせたように、突然辺りが明るくなり、春香は眩《まぶ》しげに目を細めた。

そして、再びちゃんと大きく開いた瞳で見た視界には、クリスタルランドの場内が煌《きら》びやかにライトアップされて映っている。

しかも、広告用のビジョンには、『ハッピーバースディ♥春香』のメッセージが流れていた。

時計の時刻は、ＰＭ10・18。

確かにそれは春香の生まれた時刻ぴったりだったが、クリスタルランドの営業時間は、夜九時までだったと記憶している。

普通なら、今頃は絶対に中には入れないはずなのだ。

ましてや、こんなオプショナル付きだなんて……。

これは、いったいどういう魔法なんだ？

自分が今、夢の中でないことが、かえって不思議に思えてくる。

それによく見ると、春香の全身もまるで魔法にかかったように、ちゃんとメンズものの洋服でドレスアップされていた。

逃げ出したときの、あのメイド姿はもうどこにもない。

「な、なんで……。これって……えぇっ!?」

春香は、あまりのことに頭が混乱していた。

何が起こっているのかすら、すぐには把握《はあく》できなかった。

場内を何度も見回して、なんとか正常に頭を働かせようと努《つと》めていた春香は、クシャンと小さなくしゃみを連発して、少し身体を震わせる。

三月の終わりといっても、まだ朝夕の外気は冷えこむので、今着ている服ではほんの少し肌寒かった。

すると、後ろに立っていた司が、自分のコートの前を開いて、春香をその中に入れるようにして抱き締めてくる。

「コートも用意しておけばよかったんだが、とりあえず今はこれで我慢してくれ」

「司…」

背中から伝わってくる温《ぬく》もりが心地よくて、春香はそのままじっとしていた。

「本当は、ここも朝から借り切ってたんだが、なかなか春香がきてくれないからさ。結局、こういう形になってしまった。でもまぁ、春香の生まれた時間ぴったりに祝うって点では、これでもよかったかもな」

「……司、俺の誕生日忘れてたわけじゃなかったんだ……」

「俺が、大切な春香の誕生日を忘れるわけがないだろ。内緒にしておいて驚かそうと思ってたんだ」

春香は、司から寄せられる想いが嬉しくて、じわっと涙を滲《にじ》ませる。

司の気持ちを疑ったり、誕生日を忘れてるんだと拗《す》ねてみたり、散々やってしまったあとだっただけに、こんな不意《ふい》打ちのプレゼントは、かなり胸に痛かった。

「俺、こんなにしてもらっても、何も返せないぞ」

春香が俯《うつむ》きながら、そうぽつりと呟《つぶ》くと。

「そんなの、春香が俺のためだけに笑ってくれれば充分だ。それに、誕生日プレゼントは普通もらいっぱなしなもんだろ。何も返す必要なんてないさ。それより、今回は特別に、朝まで貸し切りにしてもらえたんで、思う存分遊べるぞ。なにしろ、これが二人で祝う初めての春香のバースディだからな」

司は、後ろから抱く腕にぎゅっと力を込めながら、明るく春香をもりたててくれる。

「そ……だよな……」

うんうんと、何度も頷く春香は、零れ落ちそうになる涙を懸命に堪《こら》えていた。


その後。

本当に明け方まで燥《はしゃ》いで、全部の乗り物に何度も乗って回った二人は、そのまま司のマンションに帰って、夕方まで寄り添って眠った。

そして、今年の誕生日は最高だったと、春香は二十八日の日記を締め括《くく》っていた。

10　波乱含みのスキャンダル

あの怒涛《どとう》の春香の誕生日から二日後、アンことアンジェリーナ王女は、R国へと帰っていった。

そのアンの帰国にともない、いろいろわかったことがあるのだが、まず驚いたのは、アンがまだ十一歳になったばかりの子供だったということである。

自分にこれだけ似ているのだからと、てっきり自分と同じ歳ぐらいなのだろうと、春香《はるか》はずっとそう勝手に思いこんでいたので、その事実を知ったときはかなりショックだった。

アンがそんな子供だとわかっていれば、司との仲を疑うことも、エドワルドの言葉に惑《まど》わされることもなくすんだのに。

自業自得《じごうじとく》といえばそうなのだが、自分のボケ加減に、情けなくなってしまった春香である。

司《つかさ》とアンが子供の頃逢ったというのも、司が七歳、アンが一歳のときで。反対にこれで恋が芽生えていれば、犯罪の域だった。

まぁ、十三歳もの歳の差がありながら、ずっと互いだけを想いあってきたアンとエドワルドという例もあるのだから、絶対ありえないとはいえないのだが。

それは、一緒に過ごしてきた年月が、二人の想いを育てたのであって、たった一日やそこらで燃え上がるものではなかった。

アンとエドワルドは、母親が姉妹だという従兄弟《いとこ》の間柄で、アンが生まれたときからエドワルドが守り役として傍《そば》についていたらしく、二人は早くから心を通わせあう仲になっていたようだ。

もちろん、それはセクシャルな関係という意味ではなく、精神的なもののみだが、あまりにも二人の結びつきが強いことを懸念したエドワルドの母親が、エドワルドを二年間日本に留学させてしまい、帰国した彼のあまりのよそよそしさに、アンは不安を感じるようになってしまったらしい。

エドワルドは自分の立場をただ自覚しただけだったのだが、そんなことが幼いアンにわかるはずもなく、それまで『アン』と呼んでいた呼び名さえも、『アンジェリーナ様』に変えてしまったエドワルドが、自分のことを嫌っているのではないかとさえ疑いを持つようになっていたのだ。

エドワルドはエドワルドで、アンが語る司の祖父と祖母のロマンス話から、そういう王子様のような相手が現われるのをずっと待っているのだと勘違いしていて、その条件にぴったりの司とアンが仲睦《なかむつ》まじくしていたことで、アンの幸せをなんとしても守らねばと、ああいう突飛《とっぴ》な行動をとってしまったのだそうだ。

司は、アンとのことで焼きもちを焼いた春香が、浅草まで追いかけてきたことに気をよくしていて。

前日の夜にわざとクリスタルランドの話を持ち出し、春香をクリスタルランドまで誘導して驚かせるつもりが、エドワルドの勘違いで、とんだことになってしまったのである。

いくら待ってもこない春香に焦《じ》れて、家に連絡を入れてみれば、とっくに家を出たという答えが返ってくるし、それで待てるだけ待って探しに出てみると、アンが欠席するはずのパーティーに出席するとの連絡が入り、これは絶対春香に違いないと、駆けつけてきたのだそうだ。

あのとき、司とアンの到着に誤差があったのは、司は見つからないように従業員用のエレベーターを使っていて、アンは普通の一般用を使っていたためだったらしい。

司も最初はアンのためにも、エドワルドに暴力は、極力ふるうまいと思っていたそうだが、春香の叫び声と、泣き顔を見た瞬間ぷちっと理性が飛んでしまったらしく、あと少しキレていたら、絶対あのまま殺していたと告白して、春香を心底恐がらせた。

アンも、エドワルドに追いかけてきてほしくて、クリスタルランドの話を振っていたのに、エドワルドにはまるで伝わっていなかったのだ。

アンが本当に一緒にいたかったのも、浅草を案内してほしかったのも、司ではなくエドワルドだったのに。

互いの気持ちが見えなくなっていたせいで、そんな簡単なこともわからなくなっていたのだろう。

あのあと、エドワルドとの交際を認めないと死んでやると大騒ぎしたアンの無鉄砲《むてっぽう》すぎる必死の訴えがなんとか聞き入れられ、パーティーはアンの急病という理由でキャンセルされたのだそうだ。

アンは第七王女で、王家に残る人間ではないという理由で、早めの婚約をと、今回の花婿候補との顔合わせが計画されていたらしいので、一応親戚筋であるエドワルドなら、不釣り合いというわけでもないと、周りも諦《あきら》めたのだろう。

キャンセルされた側の花婿候補には気の毒だったというしかないが、アンの気持ちは他にあるのだから、仕方がなかった。

そして、今回司がアンの接待役を仰せつかっていたのにも理由があって、春香の誕生日にクリスタルランドを借り切ることを思いついた司は、まだ学生の自分の力ではそれが無理なことを知ると、すぐに尚《ひさし》に相談をもちかけ、その無理を通す交換条件としてアンの接待役を完璧にこなすことを命じられたのだ。

尚は、またもや何か企《たくら》んでいたようで、アンに春香のことをバラして逢わせるように仕向けてみたり、いろいろと細々《こまごま》策略を巡《めぐ》らせていたようだが、同居している恋人の蛍《ほたる》が数日前にインフルエンザで寝こんでしまったとかで、すべての仕事をキャンセルして強行に休みをぶんどり、とても企みを遂行《すいこう》している場合ではなくなっていたらしい。

それだけは本当に、その蛍という名の尚の恋人に感謝しなければと、春香はあとでそれを知らされたとき、思わず心の中で手を合わせてしまったくらいだった。

あのとき、翡翠《ひすい》が尚のせいで忙しくてたまらないと文句を言っていたのも、きっとそのせいだったのだろうが、翡翠は仕事大好き人間なので、本当はそんなに苦でもないのだろうと春香は楽観《らっかん》していた。

何回も家を突然空《あ》けたことで、希美香《きみか》からのお小言《こごと》はすごかったが、それもあとで司がうまくフォローしてくれたので、そんなにあとを引くことはなく、ことなきをえていたし、司が頻繁《ひんぱん》に顔を見せるようになったので、染香《そめか》達の機嫌もすこぶるよかった。

誕生日のプレゼントを当日に送ってくれた寿《ことぶき》達は、前日三人でプレゼントを手配して戻ってきたところを春香が電話で呼び出したようで、ちょうど全員が鈴鹿《すずか》の家に集まっていたのには、そういう理由があったらしい。

大好きな友人達にもちゃんと祝ってもらったたし、もちろん家族にも（プレゼントは一日遅れで受け取ることになって、またお小言だったが）祝ってもらったし。

それに司が春香のためにいろいろ考えてくれていたことがわかっただけでも、今年の誕生日はめちゃくちゃ素晴らしい誕生日だったと思っている。

もうすぐ三年生に進級だし、高校生活最後の年を絶対有意義《ゆういぎ》に過ごそうと、春香は今からはりきっていた。


そして。

待ち望んでいた新学期が始まり、最上級生として新しい東雲《しののめ》学園での学園生活をスタートさせた春香だったが。

「あれが、深森春香か。写真で見るより、綺麗な顔をしているな。それに、アンジェリーナ王女にそっくりじゃないか。まさか、これほどまでに似ていたとはね。しかも、あの道前寺司の婚約者だなんて、こんな偶然はわくわくするよ」

新学期早々、春香の背後を付け狙う怪《あや》しい影があることには、まだ誰も気づいていなかった。

■あとがき■

こんにちは。八月の発売の『悪魔《あくま》にくちづけ♥』から、連続での発売になりましたスキャンダルシリーズの最新刊、恋《こい》スキャはいかがでしたでしょうか？

今回は今までとちょっと違った展開で、ちょっと切ないノリも入っているので、春香《はるか》に感情移入して読んでいると、司《つかさ》に対してムッとしちゃうかも。

前回の聖《せい》スキャでは司の株が急上昇で、司に惚《ほ》れなおしたという意見がものすごく多かったんですが。さて、彼はこの人気を今回も維持することができるのでしょうか。

聖スキャは、寿《ことぶき》の和服姿、道前寺《どうぜんじ》ブラザーズの軍服姿、春香のチャイナ姿と、どれも同じくらい人気があったのですが、全体的には、春香を庇《かば》って怪我《けが》をした司がダントツ人気だったんですよね。

あとは、酔っ払って素直になってる春香とか。そのときの、初×××とか（笑）。

好きな台詞《せりふ》も集中していて、『春香が無事ならそれでいい』と『欲しいものはここにある』がトップを争ってました。意外だったのは、エミリがものすごく人気だったことと、翡翠《ひすい》がでないことでがっかりした方が多かったことですね。

今回の恋スキャでは、結構初モノがあるので、皆様の反応がかなり気になります。

司の和服姿も初めてだし、鈴鹿《すずか》や高橋《たかはし》ももちろん初めてだし……。それに、春香を縛ったり、その先の初めての×××とかもあるし。お約束のコスプレはメイド服だったりするので、春香のコスプレ好きの方には喜んでいただけるとは思うのですが。どうでしょう。

実は今回この恋スキャの原稿は、脱稿直後にフロッピーの破損でデータが一部読み出せなくなってしまって、もう一度途中から書きなおしたりしたので、予定どおり出せないかもとハラハラしていたのですが、こうやって無事に発行することができてホッとしてます。またもやご迷惑をおかけして、ギリギリまでお待たせしてしまったというのに、今回ものすごく素敵なイラストをつけてくださったこうじまさんには、どれだけ感謝しても足りません。本当に、ありがとうございました。

次回こそはご迷惑をおかけしないよう、ピーターと狼にならないように頑張ります。

さて、スキャンダルでは、毎回感想のお手紙へのお礼としてオマケ本を差し上げることにしているのですが。現在の報告をしておきますと、あいスキャ分は終了、放《ほう》スキャ分をやっと半分ほど発送したところです。まだこないと不安に思っていた方ごめんなさい。

放スキャオマケ本自体は去年できてたんですが発送する時間がなく、暇《ひま》をみつけて少しずつ送っていても、数が多くて追いつかないのが現状なんです（四桁《けた》近い数なので）。

でも、小説の部分は今回の恋スキャの分までできているので、秋にとってる仕事のお休み期間にまとめてぱぱっと制作して、学《がく》スキャ、聖スキャ、恋スキャと、随時《ずいじ》発送していきたいと思ってます。ただ、一回で二種類、三種類のオマケ本を希望されている方には、そのうち一種類のみを送らせていただいてますので、ご了承ください。本はなくなり次第終了ですが、一ヵ月や二ヵ月ぐらいではなくならないので、焦《あせ》らなくても大丈夫ですよ。

オマケ本希望の方は、感想のお手紙と一緒に八十円切手と自分の住所を記入した宛名《あてな》シールを同封して（宛名シールはビデオのラベルシールでもO・K）、何スキャ希望なのかはっきり明記して送ってくださいね。オマケ本は非売本で、スキャ昼メロ本です。

あ。皆様、もうCDのほうは聴かれましたか？　以前このあとがきのお遊び企画でキャラにぴったりの声優さんを考えてもらいましたが、まさかそれが実現するなんて思ってもみなかったので、びっくりでした。でもおかげで、イメージぴったりの出来で嬉しかったです。

放スキャがCDになったら、ということで、翡翠や尚《ひさし》や珊瑚《さんご》の声のキャスト希望をリクエストしてこられる気の早い方もおられるので、続きがCDになるかどうかは別として、またお遊び企画としてこの三人のキャストを考えてみてくださいね。

恋スキャで一番好きな台詞と、シーンもよければ教えてください。

たくさん送っていただいた修学旅行のしおりは、ちゃんと活用するので待っててね♥

では、次の本でお逢いしましょう。

ひなこ

LAPIS

恋《こい》する瞳《ひとみ》はスキャンダル♥

この作品を読んでのご意見・ご感想をお待ちしております。
月上ひなこ先生には、下記の住所にて、
「プランタン出版ラピス文庫　月上ひなこ先生係」まで
こうじま奈月先生には、下記の住所にて、
「プランタン出版ラピス文庫　こうじま奈月先生係」まで

著　者――月上ひなこ（つきがみ　ひなこ）
挿　画――こうじま奈月（こうじま　なづき）
発　行――プランタン出版
発　売――フランス書院
東京都文京区後楽1-4-14　〒112-0004
電話（代表）03-3818-2681
（編集）03-3818-3118
振替　00160-5-93873
印　刷――誠宏印刷
製　本――小泉製本

ISBN4-8296-5300-0　C0193

URL=http://www.printemps.co.jp

LAPIS-LABEL

月上ひなこ

聖なる夜のスキャンダル♥

イラスト／こうじま奈月

ライバルとしてはりあってきた柊《ひいらぎ》学院の生徒会長・道《どう》前寺司《ぜんじつかさ》と婚約した春香《はるか》は、独占欲の強い司にいつもプライベートを占領されてきた。そんなとき、友人の寿《ことぶき》達とクリスマスに遊びに行くことになったが、司の兄に道前寺家の別荘にさらわれ仮装パーティーに参加することになってしまう。道前寺家の人々の中で心細い春香だったが、肝心《かんじん》なときに司とケンカしてしまい!?

ラピスレーベル

LAPIS-LABEL

月上ひなこ

悪魔にくちづけ♥

イラスト／佐々成美

おバカな高校生の小麦《こむぎ》は、書いたラブレターが想い人とは違う男の手に渡ってしまい大慌《おおあわ》て。その男は秀才っぽい奴で、ラブレターを酷評してきたのだ。憤慨《ふんがい》しつつ２度と会うことはあるまいと高を括っていたが、兄の嫁の弟・京介《きょうすけ》だったことから事態は一変。小麦一家との同居を拒む京介を説得するため、京介のアパートにおしかけ居候《いそうろう》をし二人きりの生活が始まるが…!?

LAPIS-LABEL

フォーカスはわがまま!

まるいゆり

大森《おおもり》宝《たから》はまわりからは美少年と言われているらしいが、全く自覚がない。ある日、従兄《いとこ》の四葉《よつば》から生徒会長の堀之内《ほりのうち》東和《とうわ》にセクハラされているのかと訊《き》かれ、大激怒した宝は——!?

イラスト／こうじま奈月

ヒ・ミ・ツ♥の家庭教師

井村仁美

中学１年、「襲いたい子猫ちゃん」ナンバー１の桜井《さくらい》裕《ゆう》也《や》は、英語が大の苦手！　そんな弟のために兄の雅人《まさと》が呼んだ家庭教師・天方《あまがた》康《こう》熙《き》は見るからに怪しい雰囲気で……。

イラスト／明神 翼

ラピスレーベル

LAPIS・LABEL

オレらは最強カップルだっ!

香月宮子

高校一年生の空《そら》は、幼なじみで親友の二千翔《にちか》にある日「ぬきっこ、しねー?」と誘われた。高校生ともなると親友と『つきあい♡』をするモノだと言いくるめられ、イカされた空は!?

イラスト/滝りんが

ご主人様はいつもワガママ

松岡裕太

メイドという名の目付け役の歩《あゆむ》を辞めさせようと、尋《ひろ》斗《と》は嫌なご主人様に徹する。それでも親身になってくれる歩を好きになったけど、歩は尋斗を抱くときすらも主従関係を崩してくれず!?

イラスト/青樹 總

ラピスレーベル